婚約破棄された目隠れ令嬢は白金（はくきん）の竜王に溺愛される2

登場人物紹介
ラキスディート
世界最強の種族である
竜の国の王。
リオンを救い出して保護し、
唯一無二の番として溺愛する。
リオンの初恋の相手で
ずっと想い続けてきた。
リオン
元伯爵令嬢で虐げられていたが、
婚約破棄された場面で
ラキスディートに助けられる。
風変わりな目がコンプレックス。
チェリーブロンドの髪と
美しい心の持ち主。

ヒルデガルド・
ロッテンメイヤー
リオンの義妹。
リオンに非常に執着し、復讐を誓う。
エリーゼベアト
ラキスディートの妹。
白銀の髪を一つに束ね、
リオンの召使を統括する。
シャルル・ヴィラール
アルトゥール王国の元第一王子。
リオンの元婚約者。
カイナルーン
イクスフリードの娘。
父ほどではないが、
他者の心を読むことに長ける。
イクスフリード
ラキスディートの親友、
竜王国の宰相。
魔眼（まがん）を持ち、他者やものの心、
情報を見通せる。

目次

婚約破棄された目隠れ令嬢は白金(はくきん)の竜王に溺愛される2　7
未来を行く君に愛を　255
金の竜姫は運命と出会う　265

婚約破棄された目隠れ令嬢は白金の竜王に溺愛される2

プロローグ

「――私の、愛しい番に、なにをしている」

白金の髪に黄金の瞳、背に翼をもった美しいそのひとが、リオンを守るように抱きしめてくださった、その日のことをよく覚えている。

今から一年ほど前、リオンはアルトゥール王国という人間の国に住んでいた。両親を喪ったリオンは義理の両親と義妹に虐げられて暮らしており、毎日を絶望の中で生きていた。

当時のリオンには王太子のシャルルという婚約者がいたけれど、彼に愛されることはなかった。またそのシャルルは義妹であるヒルデガルドに懸想してしまい、リオンは婚約破棄され、義妹を虐げたという偽りの罪で断罪されそうになったのだ。

そこに、風のように現れてリオンを救ってくれたのが、白金の髪をもつ竜の王――生態系の頂点に君臨する彼、ラキスディートだった。

ラキスディートはリオンをアルトゥール王国から連れ出し、竜王国に住まわせてくれた。

リオンを己の番だと言って溺愛するラキスディートは、リオンに幸せというものを思い出させてくれた。リオンには十年前以前の記憶がなく、残っていたのは燃え盛る炎の悪夢のみ。自分を知っている様子のラキスディートに何も返せないことを気に病むリオンに、彼はリオンがリオンであるだけでいいと言ってくれた。

リオンが番だから、ではなく、リオンがリオンであるだけで愛しているから、と。

番とは、竜の伴侶のことだ。魂のつながり、何度生まれ変わっても出会うという運命の相手、それが番だ。竜にとって、番というものは命より優先するほど大切なものだ。しかしその関係以上に、リオンがリオン自身だからという理由で愛している、と告げられた時、リオンはラキスディートに恋をした。

……が、それでハッピーエンド、とはならず、リオンはある時アルトゥール王国に残してきた心残り――世話をしていた孤児院の子供たちを心配に思い、新たな義妹――ラキスディートの妹であるエリーゼベアトとともにかつて住んでいた実家に戻った。

それだけならよかったのだが、リオンはそれを聞きつけたヒルデガルドに攫われてしまったのだった。竜王国は空に浮いた国で、入国は簡単なことではない。だからヒルデガルドはリオンがアルトゥール王国に戻ったことを好機だと思ったのだろう。

攫われ、殺されかかったリオンを、助けてくれたのはまたもラキスディートだった。

あたりを焦土にするほどの怒りを見せ、リオンを救い出してくれたラキスディートとともに、リオンはヒルデガルドと対峙した。

そこでリオンとヒルデガルドの縁(えにし)は完全に分かたれた。リオンの十年前の記憶も戻り、リオンはラキスディートが十年前にも自分を助けてくれたことを知った。

——そうして、竜王国へと帰ったリオンは、ラキスディートと結ばれ……今度こそ、大団円を迎えたのだった。

これは、そんな一つの物語の、のちのお話。

第一章

からん、ころんと音がする。

何の音かと言われれば、鐘の音と言うべきか、もっと情感的に春の訪れを祝う音だというべきなのか、ラキスディートは執務室の窓から見える城下町の様子を見やって、しばし悩んだ。

この世界の生態系の頂点たる竜が治め、住まう国。強者の国。空中国家、竜王国——ラキスディート。様々な枕詞が付くこの国と同じ名を持つ竜王である彼は、最愛の番に出会うまで世界の美しさを表す言葉にはとんと縁がなかった。それゆえ今、こういう時を表す、良い表現を見つけあぐねていた。

「リオン」

ラキスディートの愛する番は先だって、召使を通してこの執務室に手紙を届けた。

竜王国の文字を学んだばかりのリオンは、その短い時間を表すようにいとけない、かわいらしい丸っこい文字で、ラキスディートの体調を気遣った文章を綴っていた。

それを読んで思わず笑みがこぼれる。

——こんにちは、ラキス。

——雪が融け始めてきたわ。あなたのお部屋の窓から見えるかしら。お体は大丈夫？

冬。雪が積もり始める季節に、ラキスディートがリオンのすべてを奪って以降、リオンはラキスディートに敬称をつけることがなくなった。

はじめこそ、ラキスディートに愛想をつかしたのかと戦々恐々としたものだが、遠目に見たリオンの表情にはラキスディートへの怒りなぞ見えず、そのあと始めた文通で、もっと近しくなりたいと告げられてからは、その呼び方に、十年前の彼女を思い出してこそばゆくなる日々が続いていた。

——わたくし、お庭でうさぎを作ったの。雪で作りました。ゆきうさぎというのですって。

リオンがその小さくやわい手で雪を丸めるのを想像するだけで、ラキスディートは暖かい気持ちになる。

けれど、その手を冷たくして痛めてはいないかと同時に少しだけ気にかかった。

——青薔薇は、年中咲くのね。だから、うさぎに飾ってみたの。かわいらしくて……よろしければ見てほしいわ。

リオンのつつましい願いだ。それすら愛しくて、ラキスディートは手紙の続きをうれしい気持ちで読み進め——そうして、後悔した。

——本当のことをいうと、あなたに、会いたいの。ラキス。

リオン。

ラキスディートは、ペンを持つ手を震わせて、奥歯をぐっと噛みしめた。

竜王国の冬は短い。そう言っても、三月を越えれば終わるという程度には長く、その間、ラキスディートとリオンは一度も顔を合わせていなかった。

冬の入り口、リオンがアルトゥール王国に行ってから、もう三月が経つ。春がそこまで迫って、ラキスディートは季節一つ分をリオンなしで過ごしたのだ。

その理由は、側近たちや召使が聞けばあきれ返るようなもので、言ってしまえばラキスディートのわがままに近かった。いいや、わがままと言っていいのだろうか。ラキスディートの心を裂き、リオンを寂しがらせるこれは、誰にもなんの益もない、くだらないものだ。

冬――それは、竜の冬ごもりの季節だ。

古の竜は――人の姿をとるようになる前の竜は冬には巣にこもり、寒い冬をやり過ごしつつ、番を愛おしんだという。

それはひとえに、種族の違う子を産む番を凍えから守るという本能からくるもので、竜は貯蔵された食べ物を番へと給餌し、自らの体で温めるという、まるで蜜月の時のような行動をする。

だが、現代では服や屋敷、魔法による暖房など、数々の便利なものがあるため、ラキスディートの五代前にはすでに形骸化していた。

「リオン……」

ラキスディートはまた深く息を吐いた。

形骸化している、だが、竜の本能にのっとって変わらぬものがある。それが反映されたのがいわゆる現代の冬ごもりであり——ありていに言えば、冬というのは、屋敷にこもって子づくりをするぞ！　と竜の本能が浮足立つ期間、というわけだ。

一度リオンに触れてしまったら、ラキスディートがリオンに近づけないわけは、つまりそういうことである。

絶対にリオンを傷つけたくなかった。リオンがアルトゥール王国に行ってしまった時も、リオンに心残りがあると気付けなかった。竜王国の王とは思えぬほど愚かしい。

ラキスディートは、全能ともいわれる自分の力を知っている。

それでも、リオンのことに関しては何もわからぬ自分に辟易(へきえき)した。

リオン……

ラキスディートは情けない自分に、あきれ返った。だというのに、リオンに触れたくてたまらないのだ。近づきたくて、冬ごもり、などという古い慣習を思い出してしまう。

そこに来た冬。ラキスディートはもはや、リオンに会うことは許されぬと思ったのだ。

せめて春が来るまでは。冬が終わるまでは。

リオンに触れることを願う、自分という暴漢に、愛(いと)しいリオンをさらしてはならないと思った。

奪われる恐怖を知っている。あの日、夢で見た地獄がラキスディートを今も痛めつけていた。君のつらさを全部救いたくて救えなかった自分を厭(いと)うている。

少し前に手紙でそう告げると、優しいリオンは、そうだったのね、と一言返事をよこして、あの日のことを話題に出さなくなった。

ラキスディートはそれが苦しかった。リオンにばかり我慢をさせている。

ただ愛するだけのことが、どうしてこんなに難しいのだろう。

——わがままでした。ごめんなさい。忘れて、ラキス。

視線を落とし、手紙の続きを見て、ラキスディートは今すぐにリオンのもとへ飛び出していきそうな自分を抑えつけた。この翼をむしってでも、それは阻止しなければならなかった。

会いたい、リオンに会いたい。あの笑顔を見て、抱きしめて、口付けをしたかった。

——また、春に会いましょう。待ち遠しいわ。

窓の外を見る。春は近い、それでも雪はまだ残っていた。

◆◆◆

開け放したままの窓から離れて、ラキスディートは執務机の引き出しを開けた。

特に理由はなかったが、いつの間にか、これが癖のようになっていた。

引き出しの中には、黒樫（くろがし）の木で作られた小箱。

その箱をそうっと持ち上げて、鍵を開けた。

——途端、溢れ出てきたのは布だ。

布、いいや、小さな布小物たち。

ハンカチやポーチ、ぬいぐるみ。

箱の大きさよりずっと多くのものが入っているのは、これがラキスディートが手ずから作った箱だからだ。竜の魔力がこもった小箱には、ラキスディートの宝物が詰め込まれていた。

ラキスディートはリオンの刺繍(ししゅう)を買い集めた。自身の鱗(うろこ)と交換して金を得て、全てを集められはしなかったができる限り。

金があればリオンは大切にされると思った。だというのにそれがリオンのいる環境をよくすることはなく、むしろ悪化させた。

評判は全てリオンの義理の妹だった人間のものになった。

「……リ、オン」

ラキスディートは、箱の中にある一枚の白いハンカチをなぞって読み上げた。

拙(つたな)い刺繍(ししゅう)は、それでもラキスディートにはこの上ない宝だ。

これは、リオンがラキスディートに初めてくれたハンカチだった。

リオンが忘れた思い出の中、出会った時に傷を覆ってくれたハンカチの文字を読みたくて、それまで気にも留めなかった人間の言葉を学んだ。

リオン。星屑(ほしくず)。竜の言葉と綴(つづ)りも文字も違ったけれど、それはラキスディートの慈しむべき少女の名だ。

ラキスディートは、ゆっくりと息を吐いた。

小さく折りたたまれたハンカチを開いて、その中身を手に取る。

深い森のような緑色の石が飴細工のようなラキスディートの鱗で継がれて、ほのかに輝いていた。

リオンの母の形見。ラキスディートにもよくしてくれたロッテンメイヤー伯爵夫人の一族が受け継ぐ、嫁入り道具のエメラルド。

リオンをあの城から救ってしばらく。

リオンが握りしめていたエメラルドのネックレスに気付いたのは偶然だった。

尖ったかけらはリオンの手を傷つけていたけれど、それを無理に剥がして捨ててしまうことはできなかった。リオンの宝物なら、ラキスディートの宝物も同じだったからだ。

ならばせめて、形が変わってもこの世に残そうと思った。

竜の鱗を融かして石を継いで、そのせいで大きさも形も変わってしまった歪なエメラルドを新しい鎖で吊るし、ようやっと体裁を整えたのは、ほんの三日ほど前だった。

ラキスディートはこれを誰にも話さなかった。

リオンにこれを渡すべきか、考えあぐねていたのだ。

もはやもとの面影はなく、ぐんにゃりと歪んだ緑の石はラキスディートの魔力を帯びて、少し金が混じっている。

その見た目に、ラキスディートがリオンの両親の思い出を壊してしまったように思えた。

「陛下、ハシノ塔の修繕が完了しましたので、書類の確認を……って、ひどい顔だな」

ノックの音と同時に部屋に入ってきたのは見慣れた赤毛の青年だ。

イクス、とラキスディートがその名を口にすると、イクスフリードはうわあ、と目隠しの下で口を歪めた。

竜王の顔を見てこんなに露骨に表情を変えるのはこいつくらいだろうな、と思いながらラキスディートが目をすがめる。イクスフリードはいかにも取り繕った表情を作って、顔の上半分を覆う布の下、口元をひき結んだ。

「おっと、今は仕事中でしたね、失礼しました」

「構わない。確認するから渡してくれ」

「こちらです」

イクスフリードが差し出した書類の束に辟易する。

しかし仕事は仕事であるので、上から順にぱらぱらとめくって目を通した。

そうして最後まで読み終わると、これらはすべて一件分の報告書であった。

「……問題ない。思ったより早かったか」

ハシノ塔とはその名の通り竜王国の端、地上を見下ろす場所に立つ複数の塔のことだ。

地上の動き——人や獣人といった異種族の動向を見るためにある塔で、そのうちいくつかがここ数か月の間うまく機能していなかった。

竜が最強の種族とはいえ、強さにあぐらをかいていてはいけないと、先代の竜王が建てたらしい。

修復のために作業員を送り出して三月(みつき)。ラキスディートの想像よりずいぶん短い修理期間だった。

「そりゃあ、竜王陛下の結婚式が目前ですからね、皆張り切ってましたよ」

イクスフリードが胸を張る。

しかし、その結婚式、という単語でラキスディートの声が震えた。

「……そうか……」

「いやいや、お前が不安になってどうするんだよ。式前に落ち込むのは花嫁の特権だぞ」

リオンとの結婚式の支度が進んでいる。

竜には結婚式をするという慣例はないものの、人を番(つがい)にした者はけして少なくはない。かつて人の結婚式をまねてごっこ遊びをした十年前の思い出をよすがに、リオンのためにとラキスディートが命じてからこっち、驚くほどスムーズに用意が整っている。

仕立て師のルルという竜がいい例で、人の習慣に明るい者が率先して作業をしているからだ。

「リオンは落ち込んでいるのか!?」

「番(つがい)さまは落ち着いてるってよ」

ラキスディートの言葉に、イクスフリードが冷静に返す。

「……そうか」

「まあ、お寂しいとは思うけどな」

イクスフリードが苦笑した。ラキスディートは自分の女々しさが嫌になった。

リオンを守るため、そう自分に言い聞かせ、リオンに寂しい思いをさせている。番を幸せにできていないくせに、なにが最強の竜だ、と思った。

「どうして番さまに会って差し上げないんだよ」

イクスフリードがラキスディートに向き直る。

ラキスディートは正直なところを口にした。

「合わせる顔がない」

「この間の事件？」

「ああ」

リオンは先だってアルトゥール王国に行き、そこでかつての義妹――ヒルデガルドに攫われた。

リオンと結ばれたきっかけになる事件だったが、そこに至るまでにラキスディートが頼る先にならなかったのがつらかった。だがラキスディートはすねたわけではない。そうではなくて、番を危険にさらしたことは唾棄すべきだと思っていた。

少なくとも、ラキスディートは。

大切にしたい、愛しい存在を泣かせて傷つけたことが、ラキスディートの心に澱のように残っていた。

「番さまは気にしてない……。お前が助けに来たことも感謝している。……それより、その後のお前の対応にこそ難がありそうだけどな」

「リオンを大事にすると誓ったのに」

「気にするのはわかるけどさ。俺だって番に同じことをしでかしたら穴掘って埋まると思うし」

イクスフリードが肩をすくめる。

「でも、番さまは毎日元気にしてらっしゃるとさ。カイナルーンが言ってた」

「そうか。……リオンが健やかならそれでいい」

ラキスディートは目を伏せた。

あと少し、もう少し。春が来るまでは。

そんなことを思って、手の中の宝石を握った。

情けない雄だ。自分でもそう思う。多分、イクスフリードもそうだったのだろう。

ああ！　と叫んで、イクスフリードがびたん！　とその赤い尾を床に打ち付けた。

「お前な、うじうじうじうじ、それでも竜王か？」

イクスフリードはいらいらした様子で、尻尾をだん！　だん！　とたたきつけている。

「竜の雄なら度胸見せろ、度胸を」

目を丸くしたラキスディートの胸倉を、イクスフリードがぐいと掴む。

「竜の雌は確かに強いけどさ。番さまを見てたら人間の雌だって強いもんだってわかるだろ。それ

ともなんだ？　お前にとって番は支えあうものじゃないってことか？　自分の番の強さを信じてや
らねえで、竜王名乗ってんじゃねえぞ」

イクスフリードが言い切ってラキスディートを解放する。すぐに自分の目元を覆ってうめいた。

その目でラキスディートの心を見たのだろう。

だから、こんなに怒っているのだ。

「リオンは――」

ラキスディートは静かにつぶやいた。

番の雄は、雌を守る。雌は雄に守られる。

それが成立するのは信頼関係があるからで、雌がいなければ雄は崩れてしまう。

――つまり、雌は雄の心を守っているのだ。

ラキスディートは気付いた。

ああ、そうか、と。

リオン――を、番を守りたいという思いは、ラキスディートの特権ではなかった。

「そうだな。リオンは強い。誰より意志が強い……心が強い」

あの日、あの時。炎の夢の中、自分を守らないでと叫んだリオン。

それがきっとリオンの強さだった。

リオン――私の星屑。

『わたくしを助けないで』

とっさに放った言の葉が、ラキスディートを死なせないためのものであると知っていた。

だから——だから、ラキスディートも守られていたのだ。リオンに。

それが番なのだと。対等で互いを慈しみあう、それこそが比翼の翼——竜の番なのだった。

千年生きてきて気付いたのが今というのは、情けないことだ。

けれど、気付けてよかった。ラキスディートは心からそう思った。

「目が覚めた。すまない、イクス」

「いいってことさ。先輩妻帯者としての助言は役に立つだろ？」

イクスフリードはからからと笑う。

産まれた年がどちらが先か、もう覚えていない。しかし、この男が自分よりずっと早く番を見つけた理由がわかる気がした。

——と、そこでイクスフリードがぱっと両の手を振って、と同時に尾をぶんぶんと振った。

「あ。それとそのエメラルド、持っていくなら花祭りにかこつけて渡せばいいんじゃないかなと、お兄さんは思うよ」

口元がにやにやしたその顔は、いつも通りだ。

いつもなら兄面をするなと言うところだが、今は感謝のほうがずっと強い。

ラキスディートは吐息とともに、感謝と弟扱いの悔しさの混じる、複雑な気持ちを吐き出した。

「……考えておく」

春の足音がする。冬が、終わろうとしていた。

◆　◆　◆

――リオン。

ラキスディートの書く手紙は、竜王国の曲線の多い文字で流麗に綴られている。

人間の国の言葉で書こうかと言うラキスディートに、竜王国の文字を学びたいのだと言ったのはリオンだ。

なにくれとなく気遣ってくれる召使たち。カイナルーンやエリーゼベアトには言っていないけれど、竜王国の文字を学びたい、というのは建前だった。

本当のところ、リオンはラキスディートが生きてきた世界の言葉で、自分の名を綴ってほしかっただけだった。

「リオンお姉さま、陛下のお返事には何が書かれているのですか？」

リオン。

手紙の中のその言葉を何度もなぞって微笑むリオンに、エリーゼベアトが不思議そうに声をかける。

「風がね、いい匂いなんですって。竜は鼻もいいのね」

「そうですね……。たしかに、今の風には花の匂いが混じっております」

そうこたえて、しかしエリーゼベアトは呆れたように肩をすくめた。

「陛下にも困ったものです。お姉さまをこんなにお待たせして」

「いいえ。エリィ。ラキスは、わたくしを大切にしてくださるわ」

「だからと言って、もう三月(みつき)も会おうとなさらないじゃないですか！　お姉さまを寂しくさせるなんて！　我が兄ながら情けないですわ」

そう言ってエリーゼベアトはぷりぷりと怒ってみせた。

この国のひとびとは本当に優しい。リオンは優しい世界に生きていることを、ここで初めて知った。

花が咲くといい匂いがすること。

空が青くてきれいなこと。

おはよう、と声をかけられるとうれしいこと。

手を握られると温かいこと。

誰かがそばにいると、心がいっぱいになること。

切ない気持ちがあふれて、けれど泣きたいくらいに尊くて、それが恋をするということだと、リオンは竜王国で知った。

――風から花の匂いがする。

――リオンの部屋にも、冬咲きの青薔薇(ばら)が届いているかな。

――きっとこれが最後の冬の花だよ。

薔薇(ばら)は華やかな香りをリオンの部屋に満たしてくれる。

ラキスディートの心がうれしくて、けれど、会いたい気持ちは膨らむばかりだ。

ままならない胸の内を、リオンは手紙に込めた。

返事はまだ来ない。一つ前の返事をリオンはもう一度広げて読み返す。


――君を、上手に愛したい。


最後の一行。ラキスディートの文字が、少しだけ滲(にじ)んでいるように見えた。

上手に愛したい、それは、わたくしのほうだわ。

リオンはわずかに目を伏せた。

恋をしている。だけど、どうやって愛せばいいのかわからない。

ラキスディートがくれる愛と同じだけ、ラキスディートを包むように愛せるようになりたかった。

ラキスディートが大好きで、けれどリオンは愛されることに慣れていないから、その心を恋という形でしか発露(はつろ)できない。

「わたくし、愛されているのね」

リオンは、自分が口にした言葉をゆっくりと噛みしめた。

そばで花茶の用意をしていたカイナルーンが、それはもう！　と拳を握る。

「陛下はリオンさまを愛しておいでです！」

「カイナルーン、お兄さまの肩を持たなくとも構わなくてよ？」

「いいえ、いいえ！　だって、リオンさまがこんなに笑ってくださるようになったんですよ？　それは陛下の愛情があったからこそです！」

力説するカイナルーンに、エリーゼベアトがため息をつく。

エリーゼベアトは、カイナルーンが父である宰相のため、ラキスディートの肩を持っていると思っているのだろう。

リオンはほのかに笑って、差し出された花茶の器を白い手に載せた。

途端、周囲の召使がほう、と深い息をつく。

竜王国に来てからこっち、リオンはかいがいしい召使たちやラキスディートの心遣いを受けて、まるで蕾が綻ぶような変化を遂げていた。

栄養状態のよくなった頬は常に薔薇色で唇も血色がよくなり、チェリーブロンドの髪はつやつやと日の光を反射している。

もともとおっとりした気質だったこともあって、動きは生来の優雅さを取り戻し、長い前髪に隠された青い目も今では少しの時間だけ、そのきらめきを周囲に見せることがあった。

開け放した窓から花の香りの風が入ってきて、リオンの前髪を乱す。

その一瞬、夜空の星屑（ほしくず）がやさしく細められているのを見て、リオンに仕える者たちは今の幸福を噛みしめた。

リオンという少女は、いまやまさしくこの竜王国の宝だった。

生まれついての姫君のように周りのひとを慈しみ、それ以上に愛される。そういう、星のような存在だった。

もちろんリオン自身にその自覚は乏しく、今日も召使のみんなは優しい、とだけ思っているのだが。

「お茶、とてもおいしいわ。ありがとう」

まだ、人に目を見せることは怖い。リオンが目を見せられるのはラキスディートにだけだ。けれど、それをとがめない、優しいこの国のひとたちを、リオンはラキスディートが治める国の民だからというだけでなく、愛（いと）しく思うようになっていた。

「ラキス……」

リオンはラキスディートの言葉に納得していた。

少なくとも、表面上は。

リオンは強くなりたかった。ラキスディートを後方から支えるのではなく、隣にいたい。

「リオンさま……」

カイナルーンが手紙をなぞってラキスを呼ぶリオンを心配そうに見ている。

大丈夫、今は少し寂しいだけなの。リオンは口元にかすかな笑みをはいてみせた。

会いたい気持ちが雪のように溶けてくれれば、この、ラキスディートへの想いのままならなさに耐えられるだろうか。

「知っているのよ。ラキスがわたくしを傷つけまいとしていることを」

「お姉さま、だからといって、番をほったらかしにするのはいけないことです。怒るべきですわ」

エリーゼベアトが憤慨する。リオンは首を振った。

「いいえ。……ひとは弱いのでしょ、竜より、ずっと。離れてわかったの。いつだってラキスは怖がっているのよ。わたくしを喪うことが恐ろしいんだわ」

リオンが弱いから、ラキスディートはどうしたらいいのかわからないのだ。

手紙に何度も書かれた謝罪の言葉を指でたどる。

ラキスディートの恐怖を知って、リオンは何も言えなくなった。

大好きなのだ。本当に。

それでも、リオンはラキスディートに簡単に傷つけられるほど弱いから、触れ合うのに努力がいる。

リオンは、ラキスディートに傷つけられたりしない。そう信じている。

だけど、もし間接的にでも、リオンが傷ついてしまったら？　ラキスディートはそれを自分のせいだと思うだろう。

わたくしを、助けないで、とかつてリオンが口にした言葉が呪いのように二人を縛っている。

「強くなりたいわ」

ふと、呟いたあと、リオンは唇を押さえた。

言ってはいけない言葉だった。わがままな言葉だった。

「リオンさまはじゅうぶん、お強いですわ」

「ええ、ええ。お姉さまはお強くていらっしゃるわ」

カイナルーンとエリーゼベアトが当然のようにリオンの言葉を拾って返し、リオンははっと振り返った。

二人がうなずき合ってリオンの側へぴったりと寄り添う。

目を瞬くリオンに、カイナルーンが笑った。

「リオンさまは、強さの種類をご存じですか？」

「種類？」

「はい。武力もありましょう、精神の強さも魔力の強さもございます。けれど、リオンさまのお強さはきっと、ここにあるのです」

カイナルーンが胸を押さえる。心ということだろうか。

「胸、心、精神の力ということ？」

「いいえ、少し違いますわ。お姉さま」

エリーゼベアトが微笑んで、リオンの手の中の冷めたカップを受け取る。

「心が強いだけなら寄り添おうと思いません。お姉さまは自分の考えで、今、陛下を守りたいと思っていらっしゃる」

魔法よりずっと得がたい力です。カイナルーンが首肯（しゅこう）した。

「それは、意志の力と言うのですわ」

瞬（まばた）く金の目がリオンを見つめて、前髪越しにリオンの視界を埋め尽くす。エリーゼベアトの言葉の意味は難しい。今のリオンには心も意志も同じものだと思える。

ああ、けれど、おまじないを教わった時に言われた気がする。意志の力が魔法に反映されるのだと。

「意志と心は違います。心の在り方を外に発露（はつろ）しないと意志にはなりませんわ。お姉さまは、思ったことを外に出そうとしていらっしゃる」

「だから、わたくしの持つ強さは、意志だということ？」

「ええ、そうですわ！」

エリーゼベアトはうれしそうに顔を綻（ほころ）ばせる。

伝わったことがうれしいのだろう。

竜の国にはまだリオンの知らない概念がたくさんある。

リオンはエリーゼベアトの頭にそっと触れた。

リオンが思ったことを口に出せるようになったのも、行動に移せるようになったのも、竜王国に来てからだ。やさしく包まれて、守られて――

黄金の瞳が穏やかに細まってリオンを見つめる。あの暖かさがリオンを変えてくれたのだ。

柔らかで絹のような髪を撫でると、エリーゼベアトは照れ臭そうにはにかんだ。

それが幼い子供みたいで、リオンは小さく声を上げて笑う。

カイナルーンが羨ましそうにくちびるを尖らせるので、もう片方の手で彼女の頭も撫でる。頭を撫でられるのはうれしいことらしい。

背後で準備をしている召使たちも一斉に視線を向けてくるので、リオンはびっくりしたくらいだった。

「ありがとう、みんな」

リオンが笑うと同時に風が吹いた。

春の先触れより強い一陣の風がカーテンをめくりあげ、リオンの艶やかなチェリーブロンドをふわりと持ち上げる。

カイナルーンから手渡された温かい花茶のカップに口をつけようとしていたリオンは、ゆったりとした動きで振り返る。

春が来る時には、強い風が吹くらしい。

だから、いよいよ待ち望んでいた春が来たのかと思って窓の外を見やり——そうして、目を見開いた。

「ラキス……？」

空気を孕んだガラスのような羽を陽の光に反射させる、優美な姿。

白くきらめいた身体は大きいのに、まるで重たさを感じさせぬようにそっとそうっと羽ばたいて。

羽ばたきのひとつひとつがリオンの髪を揺らして、金の目が愛しむように、いいや、それよりずっと強い想いのこもった眼差しでリオンを見つめていた。

「ラキス」

リオンの足が震える。手が、唇が、おこりのように震えて揺れている。

手を伸ばすのを止められない。あれだけ自制して、耐えて、無様な姿をさらすまいと大人ぶって微笑んだ、その虚勢がすべて剥がれていく。

「リオン」

くるる、と真白い竜の喉が鳴る。

最後に会えた、あの日見た竜の姿がリオンの心を震わせる。

我慢した。本当に。

あなたを愛したくて、あなたに恋をしていて、だからこれは考える時間を与えられたのだと自分の心を押し込めたのに、ラキスディートに会いたいと涙交じりで綴った本心が外に出てしまった。

　意志の力があるのだと、カイナルーンやエリーゼベアトに教わって、安心したように振る舞った
それは結局のところ強がりに過ぎなくて。

「ラキス、わたくし、わたくし」

　ふらふらとリオンの足が窓へ向かう。

　会いたかった。抱きしめてほしい。

　その胸に飛び込みたくて、雲の上を歩くようなおぼつかない一歩を繰り返す。

　ラキスディートが慌てたようにリオンを押しとどめるけれど、ラキスディートに触れたくて、リ
オンは止まることができなかった。

　その様子に気付いたエリーゼベアトとカイナルーンの二人が慌てて窓を大きく開ける。

　ラキスディートの身体が光を纏(まと)って人に変わり、リオンが窓の外へ飛び出すより早く、リオンの
小さな体を抱きしめた。

「リオン――」

「ラキス」

　ああ――

　ラキスディートの体温が染み込むようだ。

　あんなに焦がれた腕の中は、やっぱり温かくてリオンの目に涙が滲(にじ)んだ。

上手にあなたを愛したかった。

恋をするだけではなくて、あなたを包み込めるようになりたかった。

本当にそう思っていたし、まぎれもない心からの決意だった。

それでもどうしても、リオンはわがままなばかりで耐えることもできなくて、最後にやっぱり、ラキスディートに会いたい気持ちが膨らんでしまった。

わたくし、だめね。

思考の端でそんなことを考えてゆるく微笑むリオンに、ラキスディートは惜しみない熱をくれる。

「リオン、ごめん、ごめん、リオン」

「ラキス、なのね、本当に」

ラキスディートが、狼狽（うろた）えたようにリオンをかき抱いた。

「わたくし、だめだったわ。あなたが好きで、我慢しようとしてもあなたに会いたくて、結局」

「違う、違う。リオン。君は駄目なんかじゃない。これは、私が臆病だったんだ」

君に触れるのが怖かった。君を、傷つかないように守り切れなかった自分が許せなかった。

ラキスディートは吐き出すように言った。

「知っていたわ。あなたが、わたくしが思っていたよりずっと怖がりだって」

頬を伝うものが音もなくリオンの襟（えり）を濡らして初めて、リオンは自分が泣いていると知った。

「リオン」

「春が来る前に、来てくれたわ」

「違う、いいや、私は。……背中を押されないとここに来られなかった」

ラキスディートがそう言って、リオンを抱いたままその場に跪いた。

自然、ラキスディートの体がリオンを包み込むような形になる。

リオンは久方ぶりのラキスディートの体温にますます目が熱くなるのを感じた。

だって、ラキスだ。あんなに会いたかったのに、会えなくて。

仕方ないと割り切って――割り切ったつもりで、冬の最初に作り始めた小さなハンカチを握ってはため息をつくばかりだった。

それが、今、吐息の届く距離で触れている。とくんとくんと、速い鼓動がラキスディートを通り越してリオンの胸を打つ。

ラキスディートがリオンの髪をゆっくり撫でて、口を開いた。

「私は臆病で、君をアルトゥール王国に行かせてしまってからずっと、君を避けていた」

リオンは小さく頷いた。それは今さらだ。

リオンはとっくに納得している。ラキスディートが気にすることではない。

けれど、ラキスディートは苦しそうにひとつ、息をした。

「自責の念で君を避けて、結果、君をもっと傷つけてしまった」

「ラキス、わたくし、傷ついてなんかいないわ」

「それなら君は今、泣いていないよ。リオン」

リオンははっと目を見張った。

ラキスディートの腕に力がこもる。

これはあなたに会えてうれしかったから、とリオンは口を開こうとして、けれどラキスディートの表情に何も言えなくなった。

その金色の目は揺らいでいて、朝の湖のようにきらきらと光をともしている。

向こうがわにリオンの顔が映っている。

全部見透かされている気がして、リオンは瞬きをした。

気がするのではない。実際、見透かされていたのだろう。

リオンを理解しようと、全身全霊で尽くしてくれるラキスディートだから、きっと、リオンがどんなにごまかしても見通してしまう。

だって――寂しかったのは、本当だから。

寂しかった、会いたかった。

耐えて耐えて、まだ我慢できると握った手は血の気がなくて真っ白になっていた。

それがラキスディートにわからないはずがない。

そうっと柔らかく包まれた手から感じる熱はただひたすらに温かくて、リオンは唇を震わせた。

「だって、わたくしだってあなたを守りたかったの。ラキス、あなたの役に立ちたかった。足手まといになりたくなくてアルトゥールに行ったけれど、あれはわたくしの身勝手だった」

声が揺れている。空気が震えているのは、リオンの声音が悲しみを帯びているからだ。

意志の力がある、とエリーゼベアトもカイナルーンも言ってくれたけれど、それは結局形のないものだから、リオンに本当の自信をつけてくれたわけではなかったのかもしれない。

いいや、違う、そうではなくて、リオンは、リオンは。

「助けて、って、言えるようになったの。けれど、それだけじゃ足りないと思ったの」

力がないのが悲しいのではない。

かつては助けてと言えなかったリオンだけれど、今は助けを求められる。

けれど、リオンは欲張りになっていた。それだけでは嫌だった。

「あなたの隣にいたい。強くなって、あなたに愛されるだけじゃなくて、愛したいと思ったから」

とぎれとぎれの言葉は嗚咽だった。リオンは、つまり――――自信がなかったのだ。

愛してもらって幸せになった途端、それだけの価値が自分にあるのか不安になってしまった。

ラキスディートはすばらしいひとだ。リオンはラキスディートに愛されて当然だ。そう、うぬぼれることができなかった。

リオンはラキスディートが大好きだから、ただ与えられることに満足できなくて。

「あなたに愛されて、幸せだったわ。でも、でも、どうして、ラキス」

ああ、わがままだ。これは本当にわがままだ。

自分勝手で、人間の悪いところを集めた淀みをラキスディートにぶつけまいとしていたのに、今にも口から零れそうだ。

「リオン、君を守れることが、私は」

「――ばか！」

ラキスディートの言葉を封じ、リオンはラキスディートの胸をたたいた。

ああ、決壊してしまった。我慢していたのに。

リオンの握り締めた手がラキスディートの胸に触れてはとん、と軽い音がして、目を見開いたラキスディートは、ひゅ、と息を吸った。

後ろから、前から、皆の驚く声がする。

それでも、リオンは、このわがままを口にしてしまうことを、もはや止められなかった。

「あなたはずっと、ずっとそう！　どうして、わたくしに、ラキスを守る、ほんの少しの隙間だって与えてくれないの」

赤い記憶がふわりと頭をかすめる。

助けないで――そう、言ってしまった。

いつのことだったのだろう。けれど、一つだけはっきりしていることがある。

――本当は、あなたを守りたかったの。

ラキス。わたくしのほうこそ、間違えてばかりなんだわ。

リオンはゆっくりと息をした。

ラキスディートの胸にしがみつくようにして、彼の鼓動を聞きながら頭を揺さぶる何かを探そうとした。

ずっとそうだ。リオンは何かを忘れているのに、思い出そうとすると、その記憶は遠ざかる。まるで、思い出さないでと懇願されているように。

「リ、オン」

ラキスディートがぽつりとリオンの名前を口にする。狼狽えているようだった。

「リオン、ごめんね」

「ばか、ばか、わたくし、いいえ、そう、いいえ」

うまく形にできない思いがじくじくと心を痛ませる。

どうして上手に言えないんだろう。上手にあなたを愛したいだけなのに。

いつかラキスディートが思っていたことを、知らずリオンは口にしていた。

瞬間、ラキスディートは――ラキスディートは伏せていた目を見ひらき、その白金の髪を揺らしてリオンの頤を持ち上げた。

ラキスディートの黄金の目が、わずかに覗いたリオンの星屑の瞳を映す。

「私もそうだ。……君を上手に愛したくて、それで、結局君を傷つけてしまった」

「わたくしだってそうよ。ごめんなさい、ラキス。わがままを……」

「わがままじゃない！」

ラキスディートの手を振り払ってうつむくリオンに、ラキスディートは声を荒らげた。

声を出したことで我に返ったのだろう。

びくりと肩を揺らしたリオンの頬を再び両の手で包み込み、ラキスディートは静かに口を開いた。

「……わがままなんかじゃない。リオン。君のそれがわがままであるものか」

ラキスディートの金の目がリオンを一心に見つめている。

こんな状況だというのに、リオンの胸がとくんと色づいた。

「私は、君を好きで……どうしたらいいのかわからなかった。君を幸せにしたいのに、誰かを愛したことがないから幸せにする方法を知らなかったんだ」

「わたくし、だって」

リオンの言葉をさえぎって、ラキスディートが言葉を続ける。彼にしては珍しいことだった。

「だから……だから、リオン。君のわがままは、私には君が望んでいることを教えてくれる大切な言葉なんだ。私は、君をずっと見ていたけれど……私が君を幸せにしたいと思うばかりで、本当に君を幸せにできるのかと何度も悩んだから」

ラキスディートが初めて告げる言葉は、リオンの考えが形になったような言葉だった。

リオンも、わからなかった。

我慢したから、偽りでも必要とされたアルトゥール王国でのことを思い出す。

リオンにとって耐えることは誰かに必要とされるための行為だった。

麻痺してしまった感覚は、リオンの行動をも縛り付けていた。

「わたくしの、わがままは、あなたにとって必要なことなの？」

「リオン、君のそれは、私にとってはこの世界で最も聞きたい言葉だ」

やっと、わかった。

助けて、と言えるようになったなら、今度は言葉を探すべきだったのだ、と。

「ラキス。わたくし、あの、あのね」

「うん」

「わたくし、今から大きなわがままを言うわ。……それでもいい？」

「——もちろん」

ラキスディートが微笑んだ。

リオンはその細くなった黄金の目に一時、見惚れる。

やっぱり、このひとが好きだ。

本当に、本当に、心の底から、魂に刻み付けるように深く愛している。

リオンはラキスディートの腕の中にいる幸福を噛みしめた。

大好きだ。ラキスディートはいつだってリオンを包んでくれる夜の空のよう。

リオンがいてもいい場所、リオンが生きていていい場所。

リオンが居たい場所は、いつだってここなのだ。

「あなたと花祭りに行きたいの。あなたの手からご飯を食べたい。あなたと青薔薇を見に行きたい。抱きしめてもらいたい。キスをして。あなたと笑いあいたい。ぎゅっとしていて、いつまでもわたくしを離さないで」

いくつもいくつも、リオンの望みは尽きぬほどあった。

その一つ一つを掬い上げるように、ラキスディートはリオンの頬をなぜる。

微笑むラキスディートの腕の中、リオンの薄紅色の髪がラキスディートの白金の髪と混じりあって風に揺れた。

「あなたと、ずっとずっと一緒に居たいの」

見上げたラキスディートの目は、とろけるような蜂蜜色をしていた。金よりもっと甘い、舐めたらおいしそうな、そんな色。その目が細まって、リオンを優しく見つめた。

「全部叶えるよ。リオン。君の願いが叶わぬことなど、これから先、けしてありはしない」

ラキスディートの目が、リオンの星屑を映して近づく。

やがてリオンの目にいっぱいの黄金が映った時、リオンの唇にはラキスディートのそれが柔らかく重なっていた。

口付けて、離れて、もう一度触れるだけの口付けをする。

身体の一部が触れているだけなのに、リオンはラキスディートの優しいキスに溺れているような心地がした。

実際溺れているのかもしれない。息ができないわけではないけれど、ずっとこの温かい腕の中にいたいと思ってしまう。

世界で一番安心できる、リオンの――リオンだけの、ラキスディートの腕の中だ。

キスに味なんてないはずなのに、ラキスディートのそれはひどく甘やかで、リオンは酔っぱらったようなふわふわした気持ちになる。

「ラキス、ラキス、だいすき」

まるで親鳥から餌をもらう雛鳥のように、ラキスディートに口付けをねだるリオンを、ラキスディートはどう思ったのだろう。

そうっと目を開けて見上げると、ラキスディートの黄金色の目はますます蜂蜜みたいにとろりと輝いていて、それはそれは綺麗な琥珀（こはく）にも見えた。

「リオンはかわいい、本当に、可愛い……」

たまらないと言って、ラキスディートはリオンを抱きすくめた。

身体のどこもが触れ合って、とてもとても近くにいる身体からは懐かしくも慕わしい匂いがした。

ああ――ラキスだ。ラキスの匂いがする。

「リオン、君がかわいくて、私はどうにかなりそうだ」

「なっていいわ、ラキスならどうなっても素敵だと思う」

真面目に答えたのに、ラキスディートが驚いたように息をのむ。

おかしなことを言ったつもりはなかったけれど、とリオンが顔を上げると、ラキスディートはまるでこらえきれないといった顔で、リオンの顔に口付けの雨を降らせた。

ちゅ、ちゅ、と啄むようなキスは、リオンの胸をくすぐったくさせる。

「リオンは、私がおかしくなってもいいの？」

「ラキスなら、いいわ。もちろん他の人なら、その、ええと、怖いと思うかもしれないけれど。でも、わたくし、ラキスなら全然怖くないわ」

ラキスディートの問いかけに、リオンはにっこり笑った。

何を当然のことを言うのかしらと思ったからだ。

ラキスディートはラキスディートで、たとえリオンがラキスディートの過去を知らなくても、リオンが思い出せない何かがラキスディートに関わっているのだとしても、それがリオンがラキスディートを好きでない理由にはならない。

リオンはきっと、ラキスディートになら何をされても受け入れる。

けれどそれはラキスディートがリオンを害したとして、という可能性の話ではない。

だって、ラキスディートはリオンをけして傷つけない。

ラキスディートが怒るのはリオンのためだ。

ラキスディートが悲しむのはリオンのためだ。

ラキスディートが微笑むのはリオンのためだ。

ラキスディートの腕は、声は――体は、心は、リオンのためにあるのだ。

もはや迷うことなく、戸惑うことなく、悩むことなく断言できる。

リオンは信じているのではない。ただ事実として、ラキスディートがリオンのための、リオンの唯一のひとだと理解していた。

だから、リオンはラキスディートを恐れない。

ラキスディートが何をしても、何になっても、リオンはラキスディートに恋をしているし、ラキスディートが世界中から憎まれても、ラキスディートだけを抱きしめるだろう。

もちろんラキスディートがそんなことになるはずがないので、ただの想像だ。

けれども、リオンは己の心が、今、ラキスディートだけのためにあるのだとわかった。

暗い闇の視界を、眩い光で照らしてくれた白金のあなた。

どうして好きにならないでいられるのだろう。

――あなたはわたくしに、全てをくれたの。

これは依存ではない。

代わりに、ラキスディートなしで生きていくことができるかという問題でもなかった。

リオンの世界にはラキスディートがいて、ラキスディートがくれた素晴らしい関わりがたくさんあって、眩いばかりの幸せがあって、そうしてリオンがラキスディートを好きでいてもいい、そんな優しい不文律がある、そういうことだった。

「リオン……」

「ラキスがどんなでもわたくし、ラキスを好きになったわ。わかっているの。でも、もしあなたが間違えたと思ったら、わたくしが今日みたいにわがままを言うわ」

「私を抑えてくれるのか？　それは、あの日のこと、みたいに？」

「いいえ」

リオンがヒルデガルドの命乞いをした時の話だろう。

リオンは伸び上がって、今度は自分からラキスディートに口付けた。

「わたくし、あなたが間違えたんだと思っていないもの。わがままを言うなら、そう。わたくしを長い間寂しくしたことに対してなんだわ」

リオンがラキスディートの腕の中で微笑むと、ラキスディートはつられて笑った。

「リオン、元気になったね」

「あなたが来てくれたから、わたくし、すごくうれしくなったの」

「……寂しくさせてごめんね」

ラキスディートがぽつりと呟く。

リオンはゆっくりと目を閉じた。ゆるゆるとかぶりを振って目を隠す髪を払う。

もう一度開いた目は、前髪越しではないラキスディートの顔を――下がった眉を映した。

「ラキス」

それがなんだか可愛らしくて、こんなことをラキスディートに思うのはおかしいとわかっているけれど、どうにも可愛らしくてしかたなくて、リオンはラキスディートの腕の中で体を丸め、小さく縮こまった。

ころんと転がりそうなリオンを、慌ててラキスディートが抱き直す。

「わたくし、怒ってなんていないわ。だけどわたくし、今、とってもあなたに包まれていたい気持ちなの」

そう言ってリオンが見上げると、ラキスディートが息をのんだ音がした。

春の風がふんわりと、軽やかな花の香りを運んでくる。

リオンのチェリーブロンドが優しく揺れて、再びラキスディートの白金(はくきん)と混じりあった。

「リオン――」

ラキスディートが胸の内を吐き出すようにリオンの名前を呼ぶ。

けれど、それ以上は続かないのか、興奮のために潤んだ目でリオンを見つめ、やがてフー……と息をついた。

「リオンが、可愛すぎて――違う、愛(いと)しすぎて、困る」

「ええっ！　あ、あの、その、ごめんなさい。ラキスを困らせるつもりはなかったの。本当よ」

初めて告げられた否定的な単語にリオンの肩が跳ねる。

もしかして、リオンはわがままを言いすぎたのだろうか。

ラキスディートがリオンを愛してくれていることはわかっているけれど、だからと言ってラキスディートを不快にさせていいわけではないのだ。

リオンは視界が熱くけぶるのを感じて、唇をきゅっと噛んだ。

「ラキスを困らせようと思ったわけじゃないの……違うのよ、ラキス……」

リオンがラキスディートの服をぎゅっと握って子供じみた言い訳をするのを、ラキスディートはどう思っているのだろう。

反省と後悔で涙がこぼれそうになった——ところで、リオンの目尻に柔らかなものが押し当てられた。

ハッと目を瞬(まばた)くと、それはラキスディートの唇だった。

なぜかこの上なくにこやかな笑みを浮かべるラキスディートと至近距離で目があってしまった。

「ら、ラキス？」

「ああ、もう、かわいい。本当にかわいい。私の番(つがい)はこの世で一番可愛い」

「ラキス、わたくしの耳はきちんと聞こえているわ。繰り返す必要はないのよ」

「可愛いから可愛いって言ってるんだよ。リオンは可愛い。こんな可愛い子は隠しておかないと危ないな」

「そういう話をしているのではなかったのよ、ラキス？」

リオンの悲哀を困惑に変え、さらにその困惑を彼方へ吹き飛ばしてしまったラキスディートがリオンに頬擦りをする。

リオンの頭はもはや許容量を超えてしまい、今や近くにある端整な顔に改めてドキドキと胸を高鳴らせることしかできなかった。

思考と心臓が明後日の方に稼働し始め、謎の反応をしてしまう。

そうやって、あわあわと真っ赤な顔になったリオンに助け舟を出したのは、それまでの流れをずっと窓際で鑑賞していた、リオンを偏愛する二人の女官——すなわち、エリーゼベアトとカイナルーンであった。

「こほん。偉大なる我らが竜王陛下、お姉さま……番さまを愛でるのは大変結構なことです。しかしですね、愛でるあまりに番さまを困らせるのはよろしくありませんわ」

「番さま、お目々が腫れてしまいますわ。少し冷やしましょうね」

エリーゼベアトが咳払いをし、カイナルーンが手拭いを濡らして待機している。きっと、リオンに手を貸す頃合を見計らっていたのだろう。

彼女たちの顔はラキスディートに匹敵するほど笑み崩れているが。

同じ部屋にいることをすっかり失念していたリオンが慌ててあたりを見回すと、カーテンの向こう側で幾人もの召使たちが固唾をのんで見守っているのが見えた。

番さま！　頑張れ！　と拳を握り、口の動きで伝えてくれるその気持ちは大変にうれしい。

うれしいのだけれど……

「み、みんな……」

今までのことをたくさんのひとが見ていたと知って、リオンは顔から湯気が出るかと思った。恥ずかしくて恥ずかしくて、卒倒しそうだ。

「お姉さま、大丈夫ですわ。私たちのことは壁だとお思いくださいませ」

「そうです、番さま、我らはみな壁です。この光景を胸に刻み、向こう千年は幸せな気持ちで生きられます。お気になさらないでください」

自分たちを壁と称するエリーゼベアトとカイナルーンの目は爛々と輝いている。忘れてと言っても無理だろうことは一瞬でわかった。

「刻まなくていいのよ……？」

「いいものを見せていただきました」

羞恥で震える言葉に最高の笑顔が返ってきた。

だからリオンは反射的に微笑み返してしまった。

リオンの笑顔でさらに沸き立つ召使たちに、自分の柔らかくなった表情筋がこんな弊害をもたらすなんてと思ってみたりしつつ、リオンは助けを求めてラキスディートを振り返った。

が、ラキスディートはリオンを見てぷるぷると震えるばかりだ。

甘やかな瞳はリオンを愛でる時のそれで、リオンはますます恥ずかしくなってしまった。

長い前髪越しでも柔らかな視線を感じてしまう。

どうしようかしらとリオンが熱くなった頬に手を触れると、こほん、と咳払いして息を整えたラキスディートがリオンの髪をそっと撫(な)でた。

「ら、ラキス……？」

「ほら、お前たち、リオンが困っている」

見上げるリオンを眩しそうに見て微笑むラキスディートも原因の一つだ、なんて言えない。

ラキスディートに触れられて、ますます恥ずかしくなったリオンは肩を震わせた。

召使たちがラキスディートの声に礼をして一歩下がる。

「リオンは花祭りに行きたいんだよね」

「え、え……？」

突然話題が戻った。

一瞬ついていけなくて、きょとんと目を瞬(まばた)くリオンにラキスディートはまた笑った。

「それなら、これから花祭りに行こう、リオン。花祭りは楽しいらしいよ」

「らしい？　ラキスは行ったことがないの？」

「うん、実はそうなんだ」

髪の感触を楽しむように、手櫛(てぐし)で柔らかくリオンのチェリーブロンドを梳(くしけず)るラキスディート。

「竜王さまは、花祭りに……行けないの？」

楽しい祭りだと言うなら、王であるラキスディートが参加できないのはあまりにも理不尽だ。

リオンは恥ずかしかったのも忘れてラキスディートの顔に手を伸ばした。さらりとした手触りの髪がリオンの手に触れる。ひんやりとしたラキスディートの頬が、リオンの手のひらを冷やした。

「違うよ、リオン。私が花祭りに行かなかったのは、花祭りに興味を持てなかったからなんだ」

「……どうして？」

思わずリオンはそう尋ねていた。

花祭りに興味がない理由を知りたいわけではない。

ただ、今の、楽しそうにリオンを誘うラキスディートから興味がない、という気持ちを感じられなかったのだ。

衣擦れの音がする。ラキスディートが、リオンの手を柔らかくとった音だ。

目を瞬くリオンの手の甲にラキスディートが口付ける。

途端、先程の羞恥が蘇って、リオンは頬を紅色に染めた。

「花祭りは、番のいる竜のための祭りだからね。冬の終わり、春の始まり——つまりは、花祭りの時期は求愛の季節なんだ」

ラキスディートが片目を瞑る。

開いている目の金の瞳孔がリオンを映してきゅうと太くなった。

ラキスディートの興奮を感じてリオンの心臓が高鳴る。

「だから、私には必要ではなかった。番（つがい）に求愛する祭りなのに、番（つがい）がいなかったんだから」

「……ええと、あの、じゃあ、ラキスは、わたくしのために、花祭りに行こうと言ってくれるの？」

ラキスディートの眼差しが強くなる。

リオンの目を隠す前髪なんて覆いでもなんでもないというように、リオンの奥底まで視線を届かせるラキスディート。

リオンはどうしよう、と思った。

ラキスディートが好きで、好きで、恋をしていて、たまらなく愛していて。でも、その上がまだあるのだと実感してしまった。

「そうだね、リオンのため……でもあるかな」

「でも、ある？」

ラキスディートは微笑んだ。

「私は、リオンに楽しい、を知ってほしい。リオンが楽しいと、好きだと思うものを増やしたい。私はリオンが幸せだと思う時に、自分も幸せだと思うから」

ラキスディートの顔が近くなる。

視界が白金（はくきん）のカーテンに閉ざされて、リオンの唇に一瞬だけ柔らかなものが触れる。

リオンの心臓が壊れたように高鳴り、今すぐ死んでしまうんじゃないかと思った。

「ラキス！」

「リオン、花祭りに行く？」

「行く、行くわ、ラキス。だから、もう、もう、恥ずかしいのはやめていただきたいの」

涙目だし顔も赤い。けれど、それが悲しみからくるものではないからだろう、ラキスディートは笑み崩れて、リオンの体をぎゅうっと掻き抱いた。

「よし、それでは行こう。今から支度すれば、ちょうどいい時間に城下に降りられるだろう」

ラキスディートの声からリオンへの想いが滲み出るようだ。

皆にこんな姿を見られたらラキスディートの威厳がなくなってしまうのではないだろうか。

リオンがそんな心配と恥ずかしさであわあわとしていると、こほん！　という咳払いが背後から届いた。

はっと我にかえる。

そういえば、この部屋にいるのはリオンとラキスディートだけではないのだ！

「ら、ラキス、ラキス！」

リオンがぐいぐいとラキスディートの胸を押す。

しかし、ラキスディートのほうがリオンよりも力が強いのは比べるまでもない事実だ。

リオンがかわいい、愛しい、と繰り返してべったりくっついたままのラキスディートを退けることなどできるわけがない。

そうやって、リオンが混乱しつつも小さな抵抗を続けている時だった。

べりっ！　と音がなるほど力一杯――リオンに痛みはなかった――ラキスディートを引き剥がした者がいた。

「エリィ！」

「竜王陛下、お姉さまのお支度をさせていただきますわ！」

エリーゼベアトが満面の笑みでリオンを抱き上げる。ぷらんと足が揺れるのにはもう慣れた。

小柄なリオンはエリーゼベアトに抱えられると、簡単に足が地面から浮いてしまう。

「エリーゼベアト……」

「恐れながら、竜王陛下、花祭りにはそのままの格好では行けません」

カイナルーンが頭を下げる。

たしかに、とラキスディートはうなずいた。

「私の姿も、祭りに行くようなものではないか……」

「ええ、陛下。いくら竜王国が上下関係に厳しくないとはいえ、陛下は一国の君主ですから、やはり目立ちすぎるのは番（つがい）さまの負担になります」

「リオンを疲れさせるわけにはいかない。私も着替えてくるとしよう」

リオンが、エリーゼベアトに抱えられたまま目をぱちぱちと瞬（まばた）くと、ラキスディートがリオンを振り返り微笑んだ。

「どうしたの？　リオン」

「あの……ラキスの、目立たない服って想像がつかなくて……」

だってラキスディートはいるだけでその場を華やかにするひとだ。

白金の髪は艶やかで、黄金の目は存在感があって、目鼻立ちも秀麗で……

そんなラキスディートが目立たないのは不可能ではないだろうか。

「ラキスは本当に素敵なひとだから、どんな服を着ていても人目を引いてしまうのではないかしら」

心から真面目に告げた言葉は、ラキスディートをはじめ周囲の竜たちを震えさせた。

もちろん恐怖ゆえの震えではなく、愛らしい存在に対する悶えである。

「リオン……！」

「どうしたの？　ラキス……」

喜色満面でリオンをまた抱きしめそうになるラキスディートをカイナルーンが押しとどめ、エリーゼベアトが扉を閉めるように召使に命じる。

扉越しに遠ざかるラキスディートを名残惜しく思いながらもリオンは、今日はみんな変だわ、と思った。花祭りだから浮かれているのかしら、と続けて思う。

実のところ、召使たちやエリーゼベアト、カイナルーンはたしかに浮かれていた。ただしリオンが想像するのと別の方向で、だが。

彼らはリオンが元気になったことがそれはそれはうれしいので、リオンを素晴らしいお姫さまに仕立て上げましょうねと総員で腕まくりしているのであった。

「さ、お姉さま、お支度をしましょうね」

エリーゼベアトがそう言うと、召使たちがリオンのそばにあらゆる化粧道具やドレスを抱えて集合した。

「リオンさまはとってもお綺麗ですから、お化粧は薄くで大丈夫ですね」

カイナルーンはリオンの前髪を無理にあげることはせず、器用に化粧筆を滑らせてリオンの頬に淡い色合いの紅をはく。

「ドレスは……花祭り用の、そう、その白いものを。顔を隠すヴェールと合わせるの」

エリーゼベアトが召使たちに指示を出している。

リオンがちらと見たそれは、裾に実に見事な青薔薇(ばら)の刺繍(ししゅう)の入った白いドレスで、足元までしっかり隠れるほど裾が長いのに、軽やかに揺れる布地が全く重たさを感じさせない。

何を隠そう、仕立て師のルルが手がけた品だった。

「素敵……」

小さく呟いたリオンに、エリーゼベアトもカイナルーンも召使たちもみな微笑む。

リオンの前髪越しに僅かに見える青い瞳が、星屑(ほしくず)をちりばめたようにきらきらと輝いている。

先日までの静かなリオンを思い返すと、リオンの喜ぶ顔を見、素直な感動の言葉を聞けて、とてもうれしいのだった。

「これはお姉さまのためのドレスですからね」

リオンに編み上げのブーツを履かせて、エリーゼベアトが笑う。

「竜王陛下も驚かれると思いますわ。こんなに愛らしいんですもの」

光に透ける容貌を隠すための薄いレースのヴェールをリオンの髪に固定して、カイナルーンが召使に持たせた鏡を指し示す。

視界の端で、薔薇(ばら)をモチーフにしたレースの縁が揺れた。

ラキスディートはリオンを見て驚くだろうか。

驚くだろう、素敵だ、とも言ってくれるはずだ。

リオンは鏡に映る自分を見て小さく息をした。

素敵な服で素敵な飾りだ。

リオンは鏡を見て自分の胸元へ視線を落とし、また鏡を見た。

自分の肌を覆い、体を彩るすべてが素晴らしく思えたけれど、こんなに素敵な姿をしているのが自分だというのは、いまひとつぴんとこないのだった。

「リオン、入ってもいいかい」

「ラキス……」

ラキスディートの声がして、リオンははっと顔を上げる。

エリーゼベアトとカイナルーンがにこにこと微笑ましそうにリオンを見ている。

急に恥ずかしくなってリオンは顔を赤らめた。

「どうぞ、ラキス」

声は震えてはいまいか、リオンはラキスディートがくれる称賛の言葉に慣れたわけではないけれど、それでも今、ラキスディートに愛らしいとほめてもらえると予想できていた。

きっと、ラキスディートはリオンのこの格好をほめてくれる。

うぬぼれではなく、きっとそうだ。

だからリオンは急に照れくさくなってしまった。

きしむ音もなく、すべらかに扉が開いていく。

はたして。その向こうに見えたラキスディートの姿に、リオンは目をぱちぱちと瞬(まばた)いた。

ラキスディートの服は一般的な町人が着るようなもので、チュニックの生地の仕立てはよいけれど、下履きも革靴もありふれたものでしかなかった。

そこまではありふれた姿だったのだ。

けれど高い位置で結わえられ、足元まで伸びた白金(はくきん)の髪束が日の光を反射してきらきらと輝くのがあまりに綺麗で、リオンは思わず見とれてしまった。

ラキスディートは本当に美しい容貌をしているのだ。

リオンは改めて実感して、胸にそっと手をやった。

誰もが身につけている服だって、ラキスディートが着るだけで、別のもののように見える。

「リオン……」

ラキスディートがリオンを呼ぶ。

はっと我に返ったリオンがラキスディートを見上げる。

ラキスディートは、顔を覆って体を震わせていた。

「かわいい。そりゃあ、今までだってずっとかわいかった。それでも、民と同じ格好をしたリオンがこんなに愛らしいって知るわけないじゃないか……」

ものすごい早口で、なにかすごく恥ずかしいことを言われた気がする。

リオンは頬を押さえた。熱い。

「ら、きすも、とっても、とっても、かっこいい、わ」

絞り出すようにでも、言葉にできたのは奇跡だ。

ヴェールで隠れていてよかった。

全部見えていたら、きっとリオンは林檎のようになっているところを見られてしまったから。

「……リオン……!?」

もじもじと手をあわせるリオンに、ラキスディートが叫ぶような声を出す。

その声も素敵なんだと思ってしまって、リオンは顔をますます熱くした。

「お姉さま！　素敵です！」

「エリーゼベアトさま、ほら、退出しましょう。あとはお二人の世界です！」

「そう、そうね……！　みな、行きますわよ！」

背後でなにか聞こえた気がするが、その意味を理解するにはリオンは今どきどきしすぎていた。

「あの、ええと」

「リオン」

「その、すてきよ」

「君もだ」

「あのう、花祭りに、連れて行ってくださる？　ラキス」

「――もちろん」

花祭りに行くのだ、という言葉が頭になければ、きっとリオンは何も言えなかっただろう。

笑顔のラキスディートがリオンを横抱きにして、外へ続く窓を開けた。

たん、という音がする。ふわりと着地した中庭に咲き誇る青薔薇（ばら）が、かぐわしい香りを放っている。

窓から出るなんて急ぎすぎだわ、と思うのはやめた。

耳まで赤くしたラキスディートの横顔が、彼がリオンと同じで、それはもう照れているのだと雄弁に語っていたから。

◆　◆　◆

「クソッ！　シネンシス国との同盟も破棄された！」

「アーボリータム公国がわが国との貿易は取りやめると……！」

「どうなっているんだ！　もはや交易先は残っていないぞ！」

リオン達が花祭りの準備をするさなか、冬の終わり、アルトゥール王国の会議室にて。

アルトゥールの大臣達が頭を抱え、困惑する王に詰め寄っている。

しかし、当の王もただおろおろと狼狽えるばかりで、もごもごと口を動かすものの何も言えないでいる。

それもそうで、この国の王は才媛と名高い王妃を失ってから重鎮らに支えられるだけだった。

そもそもこんな時に話ができれば、王の友であった先代のロッテンメイヤー伯爵の娘であるリオン・ロッテンメイヤーが婚約破棄され、侮辱を受けることもなかったはずだ。

傀儡となった王は今は亡き王妃や友であった前ロッテンメイヤー伯爵へ、祈るように手を組むのみだ。

この国は、今、未曾有の危機に陥っている。

アルトゥール王国の第一王子であるシャルルが竜の番を侮辱し傷つけたことは、ひと月前の当時、アルトゥール国へやってきていた商人や吟遊詩人によって、すでに各国に知れ渡っている。

竜王国がなにか言ってきたわけではない。

ただ、力ある竜王国に睨まれたくないという思いから、アルトゥールの周辺国がこぞって同盟の破棄や貿易の取りやめを突きつけてきたのだった。

「シャルルさまとヒルデガルド嬢らが助かったと思った矢先に……」

そう呟いたのは、リオンを国外追放することに最初に同意した青年だ。

隣国であるアーボリータム公国からの貿易同盟破棄の書簡を手に取り、青い顔で震えている。

シャルルやヒルデガルド、そしてその両親であるロッテンメイヤー伯爵夫妻は、竜王がリオン・ロッテンメイヤーを連れて行ってから三日ののちにシャルル、ヒルデガルド、夫妻の順に、陶器のようになった皮を無理やり剥がされて救出された。

おびただしい血が流れ、痛みで半狂乱になっていた彼らが一命を取り留め、快方に向かいつつある……それに安心していた、ところにこの件だ。

ヒルデガルドによる竜王の番の誘拐。これにはもはや竜王国への弁解もできず、国王たちはうなだれることしかできない。

ロッテンメイヤー領の一部が焦土に変えられたことからも、竜の力が絶大だとわかる。報復する気力も何もない。竜王国の宰相だという男に、ロッテンメイヤー領の一部の自治権を謝罪として渡したが、それが何に使われているのか考えるのも恐ろしい。

王は沈痛な表情を浮かべ、どうにかできないかと救いを求めるようにあたりに視線を向ける。

しかし、関わりたくないとでも言うように、あるいは大役を押し付けられたくないと言うように、大臣達は揃って目をそらした。

「どうしたらいいのだ……」

王は顔を覆った。

前ロッテンメイヤー伯爵の遺児、リオン。

彼女は大切にされていたはずなのに、なぜか他人を虐(しいた)げていたという。

婚約破棄はリオン・ロッテンメイヤーの自業自得だというのに……

——その時だった。

がやがやと煩いその場に、静かな声がいやに響いて聞こえたのは。

「リオン・ロッテンメイヤーの冤罪(えんざい)を晴らしましょう」

涼しげな声を響かせたのは、布で顔を覆った青年だった。

一度だけ会ったことがある。彼は竜王国の宰相だ。

不審に思ったのは王だけだったのか、大臣達はなにも言わない。

……いいや、違う。

大臣達は全員硬直し、あらぬ方向を見ていた。

まるで時が止まったようだ。

王が目を丸くしてその青年を見ると、青年は指先に白い光を灯して微笑んだ。

「リオン・ロッテンメイヤーは冤罪(えんざい)をかけられました。彼女の冤罪(えんざい)が晴れたら、周辺国に国交の件をとりなすことを、考えてもいいですよ」

「ほ、本当か！」

王は、転げ落ちるように椅子から降りた。

すがるように青年の足元に跪くその姿に、かつての凛々しい面影はない。

青年は侮蔑にも似た表情を口に浮かべて王をしばし、見下ろした。

「……」

「た、頼む、助けてくれ！」

「ええ、いいでしょう。きちんと、考えますよ」

青年は口元を微笑みの形にして、王へ手を差し伸べた。

王はその手を取り、救われたような顔をした。

「いいですか、しっかり、番さま――リオンさまの無実を、明らかにするのですよ」

その言葉を最後にぱちん、と青年の指先に灯る光が弾けた。

はっと我に返った王は、自分が上座の自分の席に座っていることに気付く。

あれは夢だったのだろうか。

だが、夢でないとしたら――

王は、ぐっと歯を食いしばって、その手をあげた。

大臣達がはっと王を見やる。

「リオン・ロッテンメイヤーについて調べよ。彼女は本当に罪を犯したのか」

「陛下、なにを」

「調べよ！」

訝しむ臣下に焦り、王は子供が癇癪を起こしたように叫んだ。

大臣達は、王に胡乱げな眼差しを向け、しかし、結局その命令に従うことにしたらしい。すぐさま議論はリオン・ロッテンメイヤーのことに切り替わる。

それは、まるで現実逃避のようだった。


カーテンが風にそよいでいる。

その向こう、空に浮かぶ一人の竜の青年が、嘲るように呟いた。

「親友の番を貶められて、俺だって怒っているんですよ」

一陣の風が吹く。次の瞬間、その姿は幻のようにかき消えていた。

◆　◆　◆

どういうことだ。

どういうことだ。

どういうことだ。

シャルル・ヴィラール。アルトゥール王国の第一王子として生まれ、これまで正しい道を歩んできたはずの自分は、なぜか今、全身の皮膚を剥がされ、ズタズタになった体でベッドに横たわっている。

リオン・ロッテンメイヤーという悪女を排除し、かわいいヒルデガルドとこれからのアルトゥール王国を導いていくはずだった。

リオンを断罪したのは間違っていない。そう確信できる。

なにせヒルデガルドから聞いただけでも、リオンという女は悪虐(あくぎゃく)の限りを尽くしている人間で、使用人にはわがままを言って聞かなければいびり倒し、義理の両親には火かき棒を押し付けるなど暴力を働く。

ヒルデガルドに至っては、毎日嫌味を言って殴る蹴るの暴力を振るうそうだ。

ヒルデガルドの大切なエメラルドのネックレスを奪われたと聞いた時はリオンをどうしてやろうかと思った。

親を失った悲しみで他人に当たったのだとしても到底許せるものではない。

シャルルは正義感の強い人間だ。必ずやリオン・ロッテンメイヤーを罰しなくてはならない。

ヒルデガルドの手に粉々になったエメラルドのネックレスがあるのを見た時、シャルルは強くそう思った。

ほかに証拠など要らなかった。

リオン・ロッテンメイヤーが救いようのない悪党であると、すぐにわかったからだ。

けばけばしい化粧、趣味の悪いゴテゴテしたドレス。高く結い上げた髪には金粉をちりばめていた。

やましいことがあるのはすぐにわかった。

長い髪で目を隠している、それが証拠だ。

だから、婚約を破棄した。

だから、国外追放にも頷いた。

さあこれで、自分が治める国の膿をまた一つ排出したのだ、と腕の中のヒルデガルドを見つめて恍惚としていた時。

それはやってきた。

——私の、愛しい番に、何をしている。

自分の髪の色とよく似た色をした髪の青年。

彼は、シャルルをまるで虫かのように一瞥した。

シャルルはそんな目で見られるべき人間ではない。

高潔な、次代の王国を導く存在だ。

だが、彼が竜だとわかった時、シャルルは戦慄した。

あの悪女が！　竜の番！

絶対的な強者である竜の番に手を出すことは、破滅を意味する。

なんということだろう。悪を罰せられないとは。

そう思っていた。

優しく愛らしい、聖女のようなヒルデガルド。

自分の味方をする頼れる臣下たち。

生き汚く減刑を求める無様なリオンという罪人。

シャルルの賢王へ至る道程の、すべてが揃っていたはずなのに、自分は気付けば硬いなにかに閉じ込められていた。

人形の中から救われ、皮膚を剥がされるたびに全身を走った、死ぬ方がマシだという痛みを思い出す。

シャルルはいまだ痛む顔をしかめて、腕を持ち上げようとした。

ベルを鳴らして使用人を呼ぼうと思ったのだ。

だが、そうする前に自室の扉が開いた。

なんと気の利く使用人だ、とシャルルがぐちゃぐちゃの顔で笑んだ——その笑みに、帰ってきたのは、父王の、すべてに絶望したような青い顔だった。

「シャルル、我々は、間違っていたのだ」

「リオン・ロッテンメイヤーに罪などなかった。罪人は、ロッテンメイヤー伯爵達だったのだ」

「……は?」

「父上、何を……おっしゃっているのですか」

尊敬する父王が、訳のわからないことを言う。

あの悪女が、無罪?

シャルルは体の痛みも忘れて起き上がった。

だが、その拍子に鋭く走る痛みに歯をくいしばる。

「シャルル……何もできないわしを、許してくれ……」

「何を言っているのですか、あの悪女が無罪などと、そんなわけ……」

ドォン! と、何かが爆発する音がした。

それは窓の外から聞こえている。

嫌な予感がして、シャルルは恐る恐る、カーテンを開く——はたして。

「愚王を退けろ!」

「商売が立ちいかなくなった!」

「子供が飢えている!」

「まぬけな王子を追放しろ!」

「仕事を返せ!」

城門の向こう、怨嗟の声を上げる民衆達。

シャルルが爆発だと思ったのは、叫んでいる民の声だった。

シャルルの額を、冷たいものが伝う。

うなだれる父王を振り返る。まさか――そんなわけがない。

「父上……？」

「わしには、もうなにもできない」

自分は、次代のアルトゥール王国を統治する、映えある王子。立太子も間近と見られていた。

かわいい婚約者と、頼れる臣下。そして才気に恵まれた、次代の賢王。

――その、はずだ。

――その、はずだったのに。

「これは、どういうことだ……」

シャルルのつぶやきは、すすり泣く父王の声にかき消される。

破滅の足音が、近づいてきていた。

◆　◆　◆

リオン・ロッテンメイヤーは、稀代の悪女だ。

貴族間ではふと思い出して笑う種にするなど、もはや常識と化したその噂を流したのは誰だったか。

そうだ、たしか、ヒルデガルド本人が、虐められたのだと声高に吹聴したのだった。

哀れなヒルデガルド、可哀想なロッテンメイヤー伯爵夫妻。

それが覆されたのは、アルトゥール王国の官僚の一人が、自分の領地でとある歌を聴いたことが発端だった。

彼の領地はロッテンメイヤー伯爵領と隣接していたが、彼自身はリオン・ロッテンメイヤーを知らなかった。

だが、彼は社交界での噂から、ロッテンメイヤー伯爵領が年々荒れていく原因はリオンにあると思っていた。

ロッテンメイヤー伯爵領の治安は十年前から異常に悪くなっていた。

無法者がやけに多く、餓えと犯罪に染まったロッテンメイヤー領。そのどこかに無法者たちの拠点があるとは、まことしやかに囁かれる噂だった。

その元締めがリオンだという噂もあった。

話を戻そう。

その歌とは、子供が遊びで歌うものだった。

メロディも、よくある童謡と同じで、耳触りがいい。

ただ、歌詞が問題だった。替え歌なのだろう。

やけに聴き馴染んだ音で、聞き捨てならない言葉が流れてくるのを聴いた官僚は目を剥いた。

「ロッテンメイヤーのお姫さま、ならず者に奪われた」

「何を、何を、奪われた？」

「家族と領地、それから名誉」

「燃えた館に焼かれた命」

「哀れなロッテンメイヤーのお姫さま」

「ならず者は、赤の他人！」

ロッテンメイヤーのお姫さま、それに該当するのは二人しかいない。

ヒルデガルドと、リオンだ。

しかし燃えた館とは、十年前の火事に違いなくて、彼は言葉を失った。

ロッテンメイヤー領主夫妻を殺した火事を忘れることはできない。

不幸な事故に若い彼は怯えた。しかしそれが人為的なものだと、この歌は告げているのだ。

わらべ歌と捨て置くことはできず、彼はその報告を王にあげ、人手を借りて調べ尽くした。

結果——結果は。

結論から言うと、リオン・ロッテンメイヤーは被害者だった。

虐待されていたのはリオンの方で、今ロッテンメイヤー伯爵を名乗っているのはロッテンメイヤー家に連なる者でもなんでもなく、故ロッテンメイヤー伯爵夫妻とはなんの血の繋がりもない赤の他人。

前ロッテンメイヤー伯爵の親族を名乗っていたのは、今ロッテンメイヤー伯爵領にはびこっている犯罪者の頭領だった。ロッテンメイヤー伯爵領で今唯一無事なのは、竜王国に自治権がある伯爵邸回りの一部の地域だけ。

これを知ったアルトゥール王国の上層部には激震が走った。

醜聞(しゅうぶん)なんてものじゃない。

この犯罪者集団の被害を受けているのはアルトゥール王国だけではなく、近隣の国にもその手が伸びているかもしれなかった。

その元締めを十年も無策で放置していたというのだから、アルトゥール王国に求められる賠償責任は生半可(なまはんか)なものではないだろう。

国際問題になるのは必至、近隣諸国に付け入る隙を与えるどころの騒ぎではない。

アルトゥール王国が滅ぶ。その言葉すら現実味を持って重鎮達の背にのしかかった。

さらに悪いことに、諸国の間諜(かんちょう)がすでにこの情報を手に入れているらしい。

今、国の至る所で暴動が発生しているのは、けして偶然ではない。

王子は今も現実を見ず、国王はうろたえるばかり。何か喋ったと思えば、無実をつまびらかにすれば助かると言われた、などという絵空事。

諸悪の根源であるロッテンメイヤー伯爵夫妻……を名乗っていた悪党は逃げようとして捕まり、竜王に人形にされた結果できた傷が悪化して危篤状態だ。

そして肝心のリオン・ロッテンメイヤーは世界の頂点とも言える竜王に保護された。つまり竜王が治める竜王国の心証が、どう見積もってもいいとは言えないこの状況。

それだけでなく、ヒルデガルドによる竜の番の誘拐がさらなる火種となって民衆の怒りを煽っていた。

もはや、アルトゥール王国という国は八方塞がりに陥っていた。

そうして誰もが頭を抱え、身の保身を考える中、とある伝令が届く。

――幽閉されていたヒルデガルドとシャルル王子が消えた、と。

「ヒルデガルド。君の両親が危篤だ」

「そう」

「手を尽くしたが、これ以上は保たない。最期の面会だけは許可をもぎ取った。だから……」

「ありがとう、シャルルさま」

すっかり頬のこけたシャルルの言葉に、ヒルデガルドは切なげに笑った。

そうすると、哀れっぽく見えることを知っていたから。

滑らかだった頬は皮膚がちぎれてボロボロ、全身を焼けるような痛みが走る。

だが、それでもヒルデガルドは自分の容姿を信頼していた。

白粉を大量にはたけば、少なくとも見た目は綺麗になった。

そうしてヒルデガルドはぼんやりした目で――そう装って、自分を幽閉している外を見た。

――あいつら、死ぬんだ。

なんて愉快な気分だろう。

ヒルデガルドは今にも笑いだしたい気持ちを抑えて、その口元をわずかに震わせる。

役に立たない奴らだった。

あの夫婦は、ヒルデガルドを拾った悪党どものうちの二人。

奴らはヒルデガルドを特に愛していたわけではない。なぜなら奴らにとってヒルデガルドは道具だったから。

同時に、ヒルデガルドにとってもあの二人はそこにあるだけの家具――リオンへの劣等感を解消するための道具に過ぎなかった。

ヒルデガルドは孤児だった。

ロッテンメイヤー家を乗っ取るにあたり、子どもがいた方が都合がいいと路地裏で拾われた浮浪児だった。

その日もヒルデガルドはスリをしていた。

そうしてその日最後の稼ぎのスリで、奴らにとっつかまってボコボコに殴られたのだ。

その時、ヒルデガルドの容姿に気付いた奴らは相談して――学のないヒルデガルドにはよくわからなかったが、彼女の整った容姿が大事だったらしい。

ヒルデガルドの本当の母は場末の酒場で歌を歌っていた女だったから、そこそこ整っているのは母のおかげと言えた。

ややあって、ヒルデガルドは引き取られた。

カビの生えたパンを与えられて、ヒルデガルドは干し肉もよこすなら構わないと頷いた。

強欲なガキだと打たれたのをよく覚えている。

ヒルデガルドは当時を思い出してくふふ笑った。

シャルルがヒルダ？　と不思議そうに呼ぶのにも構わずに。

ヒルデガルドは伯爵家の人間を殺すための下見をする時、行商人の子供のふりをして伯爵家の人間を見た。

豪華な邸宅の庭にいた可憐な少女がリオン・ロッテンメイヤーだと知ったのは、彼らの住む館に油をまいた時だった。

愛らしく、愛される少女。与えられるものが当然だと笑うあの女が許せなかった。

だってヒルデガルドは何も持っていなかったのだ。

だから当然、リオンが生き残ったことにも憤慨した。

伯爵家を乗っ取ってから、ヒルデガルドの生きがいはリオンの全てを奪うことに変わった。

家族、愛、尊厳？

そんなものあの女には必要ない。

ヒルデガルドがなにかを奪うたび、あの青い目が陰っていくのがたまらなく楽しかった。

そのリオン・ロッテンメイヤーが幸せでいるという。

許せるわけがない。

その幸せを叩き潰し、あざ笑ってやりたい。

この世には絶対に相容れない、許容できないものがある。

ヒルデガルドにとって、それはリオンだった。

「シャルルさま、両親のところに行かせてくださいな」

「あ、ああ！」

ヒルデガルドに頼られたことがうれしいのか、シャルルはうれしそうに笑った。

ばかな男だ。

ぼろぼろの手を差し出され、その剥がれた皮膚の気持ち悪さに吐きそうになりながら、ヒルデガルドは微笑みを浮かべてシャルルの手を取った。

◆　◆　◆

「面会は半刻だ。それ以上は許されていない」

「なんてひどいことを！　お前達には情というものはないのか！」

マノンとダニエル――ヒルデガルドの両親が横たえられている部屋は、牢の中だった。

犯罪者にはこんな待遇なのか、とあまりに極端な手のひら返しにヒルデガルドはまたくふくふと笑った。

そんなヒルデガルドを不気味そうな目で見る衛兵は、ヒルデガルドとシャルルが入った牢の鍵を閉めた。

ヒルデガルドがまだ丁寧な対応を受けているのはシャルルの婚約者候補だったからだろう。そうでなければリオンの誘拐をしでかしたのだから、絶対に出られない牢の中にいるはずだ。

ヒルデガルドは自慢の金髪を揺らし、全身ズタズタになって顔もわからない親だったものに、白粉をはたいた美しく見える顔を近づけた。

シャルルがまだ衛兵に文句を言っている。

愉快な男だと思った。

「お父さま、お母さま、ごきげんよう」

いっそ晴れやかなほど、ヒルデガルドはにっこり笑って挨拶をした。

肉が見える、不気味なもの――マノンとダニエルがぎょろりとヒルデガルドを見る。

わななく唇は、端から見ると愛する娘に最期の言葉を伝えようとしている様だろう。

事実、背後からシャルルの鼻をすする音が聞こえた。

しかし、ヒルデガルドにはわかっていた。

この性根の腐った悪党二人にとって、ヒルデガルドは金を稼ぐ道具だったのだから、そりゃあもう、罵詈雑言（ばりぞうごん）をまくし立てる用意があるに違いなかった。

「ヒルデ、ガルド……」

マノンが血走った目をこちらに向ける。

ヒルデガルドはその面白さにくふくふとまた笑った。

「お前……など……」

役立たず、とその唇が形作る。

ヒルデガルドは笑顔のまま、その口に指を押し当てた。

ぐにぐにと、爛（ただ）れた唇を弄（もてあそ）ぶ。

痛みゆえか、マノンの目から涙がこぼれた。

「ああ、お母さま、あたしを心配してくれるのね。大丈夫よ、あたし、ちゃんとわかってるわ」

——あんたが、あたしを憎いと思ったのを、わかっているわ。

驚くように目を見開くマノンから目をそむけ、ダニエルに向き直って改まって微笑んだ。

「お父さま、天国でもお酒をたくさんお呑みになってね」

多分地獄へ行くだろうけど。

ヒルデガルドは、ダニエルの頬を包み込むふりをして、その肉に爪を立てた。

案の定、痛みで泣いたダニエルは彼女の思う通りの表情を浮かべた。

ヒルデガルドはもう愉快で愉快でならなかった。

面会が終わり、ヒルデガルド達は外へ出された。

憎々しげにヒルデガルドを見る両親だったものに微笑んで、彼女は背を向けた。

「シャルルさま……」

自分が拘束されている部屋への帰り道。

ヒルデガルドがシャルルを潤んだ目で見つめると、シャルルは面白いほど動揺して、ヒルダ！

と叫んだ。

泣き顔を見られたくないの、と言うとシャルルは無理矢理に衛兵を遠ざけた。

「シャルルさま、あたし、リオンお義姉(ねえ)さまを許せない」

「そうだろうとも」

「あたしたちをこんな目にあわせて……」

「本当にそうだ！　あの悪女……這(は)いつくばらせて謝らせるくらいでは済まさない！」

シャルルはまだ現実が見えていない。だからこそ、利用しやすい。

「シャルルさま、他国へ逃げましょう。そうして手立てを持って竜王国へ行くの」

「ヒルダ？」

ヒルデガルドは艶然と微笑む。シャルルはぽう、と頬をそめた。

「竜王国へ行く方法、あたしに考えがあるの。だからねえ、あたしと駆け落ちしましょ？」

「あ、ああ！」

ヒルデガルドはまたくふくふと笑いそうになるのをこらえた。

深く考えないシャルルが滑稽だった。

ばかなやつ、ばかなやつ、ばかなやつ！

シャルル・ヴィラールは破滅の道を歩むのだ。ヒルデガルドの悪意のために。

全てを捨てる覚悟のない男から、ヒルデガルドは全てをもぎ取った。

「伝手はあるわ。お父さまのお知り合いなの」

悪党のひとりに、ずる賢い男がいたはずだ。

あの男は逃げ延びているし、さらに都合のいいことにヒルデガルドに惚れていた。

利益とヒルデガルドそのものをちらつかせればすぐに乗ってくる。

「さすがヒルダだ。人徳があるな」

「まあ、うふふ」

見つめ合い、ヒルデガルドとシャルルは唇を合わせた。ああ、気持ち悪い。

遠目には、何もわかっていない馬鹿な恋人同士に見えるだろう。罪人と罪人のカップルなんて愉快にもほどがある。

ヒルデガルドはそれを甘んじて受けいれた。

そうして、その日の夜。

城の地図と軍の情報。

そういった手土産を持って、ヒルデガルドとシャルルはアルトゥール王国に別れを告げた。

手に手を取って逃避行。いざ行かん、破滅の駆け落ちへ。

なあんて、馬鹿な話ねえ！

ヒルデガルドは、いくつもいくつもリオンの苦しむ顔を想像して、くふくふと笑った。

第二章

ひらひらと、リオンの髪を覆うヴェールが風に揺れる。

竜王国の城、中庭をラキスディートに抱かれて飛び立ってからほんの少し。四半刻もしないうちに城下の街の上空へたどり着いた。

ラキスディートの腕の感触を感じてどぎまぎしてしまうけれど、同時にリオンは初めて見た竜王国の城下町に感動していた。

赤い煉瓦(れんが)で敷かれた石畳が遠くまで街道を彩っており、赤々とした街並みに太陽の白い光が冴えて眩しい。

花祭りということで、今日はやはり人通りが多いらしいのだが、それにしたってアルトゥール王国より活気があるように思えてならなかった。

——とはいえ、リオンが知るアルトゥール王国の城下町といえば、ロッテンメイヤーの領地を出てほんの少し揺られた馬車の中から見た光景しかないのだが。

けれど、やはりリオンは思うのだ。

アルトゥール王国の人のどこか曇り空のような笑顔と、この竜王国の、満ち足りたひだまりの中にいるような笑顔では、なにかがちがっていると。

赤い石畳の上を髪に竜王国の青い薔薇（ばら）を飾った女性が歩いている。

風が吹くとひらりと散ったひとひらの青い花弁を、後ろから追いかける男性が宙で捕まえて女性に差し出している。

女性が笑う。ああ、この人は竜で、相手の男性は人なのだ。

受け取った女性は華やかに微笑み、照れ臭そうに手渡された花弁をきゅっと握り締めた。

そうして。

ぱっと開いた手には白い花びら。竜の女性が差し出したそれに、人の男性が触れた途端、鮮やかな桃色が滲（にじ）むように差し込んだ。

男性ははにかんで、ああ、そうか。

あの人はきっとあの女性の番（つがい）なのだ、とリオンは理解した。

と、同時に他人の求愛行動を見てしまった恥ずかしさと、照れ臭さと、申し訳なさで頬を赤らめた。

「リオン？」

「いいえ、いいえ、違うの、ラキス。わたくし、ええと、悪気があったわけではないのよ」

リオンの言葉に、ラキスディートが高度を下げて視線の先を追いかける。

ああ、と嘆息したラキスディートはリオンが肩を揺らしたのに気付いたのか、リオンの髪にそっと口付けて言った。

「リオン、大丈夫、あれは花祭りではよくある光景だ。竜王国の花祭りは、パートナー……というべきかな、番(つがい)を見つけた者が、相手と距離を近づけるためのものでもあるから」

「そう、そうなの。でも違うのよ、ええと、わたくし、わたくしね」

「うん」

ラキスディートが優しくリオンの額に口付ける。

リオンは顔が熱くなるのを止められない。

結ばれて、気持ちを通わせて、もうずいぶん経つのに、いつまでたってもラキスディートへの気持ちが大きくって、止められなくって、ドキドキしてしまうのだ。

「ラキス、あなたの国は本当に素晴らしくて、わたくしとても幸せだと思ったの。でも、あの、あのね、わたくしもあんな風に薔薇(ばら)の花弁を渡されてみたいと思ってしまったの。わがままだわ」

リオンが囁くように小さな声で続けると、ラキスディートの息が止まった。

もしかして呆れてなにもいえないのだろうか。

竜王国の頂点である竜王ラキスディートに民と同じことをして欲しいと、そう言ってしまったのはやっぱり失言だったのかもしれない。

リオンはそれでもやっぱり、あの光景を羨ましく思ってしまったから、頬に手を当てて顔の熱いのを無理やり冷まそうとした。

子供みたいで恥ずかしい。リオンはラキスディートの番（つがい）でもう立派な大人なのに。

「……リオン」

「はい、ラキス」

「君はどれだけ可愛くて、愛（いと）しくて、素晴らしければ気が済むんだ？」

ラキスディートが吐き出すように言って、リオンを横抱きのままぎゅうと抱きしめた。

少し息苦しいくらいの力加減にリオンはあっぷあっぷと溺れそうになってしまう。

「リオンは、本当に、本当に、この世で最も尊い私の番（つがい）だ」

私の、と強調して言い切ったラキスディートは、リオンのヴェール越しに触れた唇を少し離して、リオンに可愛い、愛（いと）しい、と繰り返し告げた。

溺れるみたいだと、リオンは思った。

そんなの、リオンだってそう思っている。

ひらひらと揺れるサクラ色のワンピースのポケットには、ラキスディートのために刺繍（ししゅう）した、おまじない入りのハンカチが入っている。

ラキスディートのことが好きで、どうしようもなく好きで。

毎日ずっとラキスディートのことを考えて。

——久しぶりに触れたラキスディートの体温に、涙が出るほど安堵して。

「リオンが可愛いことを言うから、城に戻りたくなってしまう」

「どう、どうして？」

「可愛すぎて、誰にも見せたくない。私のリオンは素晴らしい存在だけれど、私だけの宝物でいてほしいと思ってしまった」

ラキスディートから告げられたわかりやすい執着心に、リオンは目を瞬(まばた)いた。

「わ、わたくしも、ラキスが好きだわ。本当に。あなたがそう言うなら、それなら、わたくしお城に戻ってもいいのよ」

「いいや、それはだめだ。リオンが花祭りに行きたいなら、私はリオンを花祭りに連れて行きたい。きっとリオンは喜ぶから……。独占したくなるのも、本当だけれど」

リオンといると、初めての感情を覚えすぎてしまう。

ラキスディートは耳を赤くして言った。

リオンはそれにどうにも胸を締め付けられて、もう一度ゆっくりと瞬(まばた)きをした。

どうしようかしら、と思った。

このひとが、本当に本当に、本当に好きだと思った。

リオンは自分を抱きしめるラキスディートの頬にそっと触れた。

優しく撫(な)でるようにすると、ラキスディートの眼差しがリオンに注がれる。

それがうれしくて、リオンは自分の唇が綻(ほころ)んで笑みの形になるのを自覚した。

「わたくし、あなたが好きだわ」

「……知っている」

「今日もまた、あなたのこと、愛(いと)しく思ったの。いつもあなたに恋をしなおしてるわ」

「――」

ラキスディートが息を呑む。

黄金の瞳が太陽の光を反射して、まるで本物の金みたいに見える。

輝く黄金を前にしたリオンの青い目に、ラキスディートの赤い顔が映った。

そうして今度こそ、ラキスディートはリオンをぎゅうっと抱きしめて、わずかに上がったヴェールの隙間からリオンの唇と自分のそれを触れ合わせたのだった。

「青薔薇(ばら)をあげるよ、リオン」

「ええ」

「だから花弁を落として。私がそれを染めるから」

「……ええ！」

ラキスディートの言葉がうれしくてリオンはラキスディートの首に手を回し、力を込めて抱きついた。

ラキスディートの体は固くて、筋肉質で、リオンの力くらいでは揺るがない。

けれど、リオンは初めて覚えた独占欲のようなあわい感情にどきどきと胸が高鳴るのを抑えられなかった。

「ラキス、大好きよ」

この人は、リオンだけのひとなのだ。

リオンのために生まれて、リオンを愛して、リオンに愛させてくれる。

それがこの上なく尊く、同時にラキスディートを自分だけの存在だと思う、自分のわがままずら好もしく思えて。

だから、リオンは今度はラキスディートに自分から口付けた。一瞬掠めた口付けの後の吐息まじりの微笑みに、ラキスディートが目を見開く。

赤煉瓦（れんが）の街道が近い。

ラキスディートのガラスのような羽が、興奮で震えてリィンと音を鳴らす。

気付いて見上げた城下町の何人かが、あらあらと口を覆って笑っていた。

夕焼けに赤く染まった髪がゆらゆら揺れる。

照れくさくて下を向くと、耳に近い位置でラキスディートの笑い声がした。と、同時にさわさわと広がるさざめきにも気付く。

衆目を集めていることに気付いたのはその時だ。

「ひ、ひとが見ているわ！　ラキス」

「大丈夫、認識阻害の魔法をかけているから、皆私達が竜王とその番（つがい）だとはわからないよ」

「そうではなくて、そうではないの、ええ、ラキス」

半ばパニックになったリオンの頭をそっと撫でて、ラキスディートが下降する。

あわあわとなにか言おうとして言えないリオンの靴のかかとが、こん、と音を立てて赤い煉瓦を鳴らす。

見上げた黄金の瞳が柔らかく細まった。そうしてリオンはそっと胸を押さえた。

「は、恥ずかしいんだもの……」

頬が熱い。

今、自分はおかしな顔をしていると思う。

ヴェールがあってよかった。

いろんなことが頭に浮かんでは、リオンの思考をふわふわとさせた。

ラキスディートの低い笑い声が上から降ってくる。リオンはどうしようかしらと思うばかりで困ってしまった。

けして、嫌なわけではないけれど。

「こらこら、そこの坊、番を困らせちゃいけないよ」

「そうそう、そのお嬢さんを可愛らしいと思うのはわかるがね」

ふいに背後からかけられた声に、リオンはハッと振り返った。

歳を経た、温もりのある声。

道の端を埋める露店のひとつ、椅子に腰をかけた老婆と老爺がリオンたちを見て微笑んでいた。

「ぼん……？」

「番のお嬢さんは花祭りは初めてかい？」

ラキスディートと坊という呼称があまりにも似合わなくてリオンが首を傾げると、白い髪をした老爺が目尻にしわを寄せてにっこり笑った。

「それなら、この飴をどうぞ。特製の花飴なんだよ」

老爺の言葉に、隣の老婆が得心したように屋台の前に飾られた花を一本抜き取ってリオンに手渡す。

思わず受け取ってしまったリオンだが、はっとして花を持った手を右往左往させた。だって、リオンはお金を持っていないのだ。

「ごめんなさい、受け取れないわ……」

「お金のことなら心配いらないよ。竜王陛下がね、番のためにって、花祭りの商品をすべて先に買ってくださったのさ」

「え……？」

一瞬、自分のことがバレているのかと思って、リオンは目を瞬かせた。

「そうそう、だから、この花祭りの間、屋台の商品は全部無料なんだよ」

「本当にうれしいことだねえ……」

にこにこと笑う老夫婦は、ラキスディートの顔を見ても何も言わない。

ならば、やはりラキスディートの魔法は正常に働いているのだろう。

それより、ラキスディートがそんなことをしていたなんてリオンはまったく知らなかった。

ちらと隣に立つラキスディートを見上げると、彼は悪戯が成功した子供のような顔で、その黄金の目を細めている。

本当に、このひとはずるい。

「ほら、リオン、初めての花飴でしょう？」

ラキスディートに促されて手の中に咲いた一輪の花を見る。しかし青薔薇の生花だと思っていたそれからは、思いもよらない甘い匂いがする。

よくよく見ると、つやつやと光るそれは飴細工だった。それもリオンがかつて見たことのある、アルトゥール王国の露店のどんな飴細工よりも精緻なものだった。

リオンは、この花飴が刺さっていた屋台の花壇を見やる。

花壇ではなかった。それは花飴を刺すための籠で、綿の敷かれたそこに群生するようにして、青薔薇の飴細工が咲き誇っているのだった。

「花飴……？」

竜王国に来て初めて花祭りに参加するリオンは見たことがなかった。

飴というからには甘いのだろう。

けれど、どう見たって芸術品のような、こんな精巧な飴細工を食べてしまうなんてもったいないように思えた。

——と。

ふわり、と花弁が綻んだ。

青い花弁が満開になってリオンと向き合う。

目の前で起こった変化にリオンははっと瞬いた。

「咲いた……？」

「そうだよ。初めての花飴なら、びっくりするかもしれないねえ。花飴はね、持つと手の温度で咲くんだよ。花弁をくっつけている飴だけ、溶けやすくなっているのさ」

リオンの様子に、老婆がにっこり笑う。

しわくちゃの顔に、いたずらが成功したみたいにもっとしわを寄せたその笑顔は愛情を一身に受けたような、幸せな顔だった。

隣の老爺が愛しげに老婆を見つめているから、リオンはああ、番とはそういうものなのね、と思った。

連綿と積み重ねてきた愛情を交わした時間を感じて、リオンは微笑んだ。

ラキスディートと、いつかこうなりたいと思った。

「素敵……」

リオンは手の中の青薔薇に視線を落としたまま呟いた。

ほのほのと胸が暖かくなる。憧れ、というのはこういうことなのかしらと思った。

「私も花飴を初めて食べた時ははしゃいでしまったものさ。お嬢さんを見ていると昔感激したことを思い出すよ」

そう言って老婆が手を動かして飴を舐める動作をする。リオンに、食べてみてごらん、と言っているのだ。

恐る恐るヴェールの下に飴を持っていき、花びらの一枚をそうっと食む。

途端、ほろっと溢れる砂糖のかけらにリオンは瞬いた。

こんなにしっかりとして見えるのに、食べると砂糖の粉が口の中にふわりと広がり、すぐに溶けてしまうのだ。

——おいしい。

初めての味で、リオンは思わず顔を綻ばせた。

ほろほろと崩れたあとに冷たくなるような感覚、そうして口に広がる甘い味。

夢中になって一枚、二枚と花弁を口に含む。

「リオン、それが気に入ったなら、あといくらか買って帰るかい？」

ハッとリオンがわれにかえった時、花弁は残り一枚にまで減っていた。

「あ、あの……ええと」

食いしん坊だと思われたわ、と思ってリオンは顔を赤くした。

でも、だって、美味しかったのだ。

甘い花を食べるなんて初めてで、だからはしゃいでしまった。

「く、食いしん坊、というわけでは、ないのよ。ただ、その、ただ……あんまりおいしくて……ラキスだって食べてみればわかるわ……」

口から溢れたのは消え入りそうな声だ。

恥ずかしくて頭が沸騰しそうになりながら、リオンは手の飴細工を握りしめた。

すると。

ラキスディートがひょい、とリオンの手から、最後のひとひらを取ってぱくりと食べてしまった。

あっけに取られるリオンに、ラキスディートが輝くような笑顔で言う。

「たしかに、おいしいね。リオンが気にいるのもわかるよ」

わたくしの食べかけを食べてしまったの？　とか恥ずかしいでしょうとか、言いたいことはたくさんあるのだけれど、食べてみればと言ったのは自分なのでなにも言えなくなってしまった。

ラキスディートはあいも変わらずにこにこしていて、リオンはもう！　とラキスディートの胸をぽかりと叩いたのだった。

店主ががはっはっは！　と笑う。

振り返ったリオンとラキスディートに、微笑ましいものを見た顔で濡れた手巾を差し出し、そうそう、と続けた。

「先だって竜王国にいらした竜王陛下の番さまも人間だそうだよ。お嬢さんと同じ」

突然自分のことが話題になり、リオンは肩を跳ねさせた。

思わずラキスディートを見上げたけれど、ラキスディートは大丈夫、と目だけで呟いてリオンの頭を撫でた。

リオンの飴でべたついた手を渡された手巾で拭ってくれたラキスディートは、店主に手巾を返して「そうか」と相槌を打つ。

「王の番はそれは愛らしいそうだな」

「おっと、自分の番の前でそんなことを言うのかね？」

「もちろん、私の番は世界一だとも。ただ、王の番の世間での評判を聞きたくてね」

「ははあ、お前さんの番のお嬢さんも人間だものなあ、守るためにも噂が気になるのは、たしかに、たしかに」

店主は夫人と顔を見合わせてにこにこと笑う。

ややあってそうだねえ、と顎の白い髭に手を当てて店主は考え込む仕草をした。

「人の国で、辛い目にあったと聞くよ」

「そうねえ、それで竜王陛下がお救い申し上げたと聞きます」

「刺繍の名手だとか」

「それはもう陛下のご寵愛を受けてらっしゃると」

「お人柄も素晴らしいらしいねえ」

「サクラ色の髪をしているそうだよ」

「あれは、ちぇりーぶろんど、と言うんだ」

「サクラだろう？　なるほど、なるほど。でもたしかに、それは綺麗な髪なんだろうねえ」

自分の噂を他者から聞くのがこんなに心臓を跳ねさせるだなんて思わなかった。

それも、悪いものなんてひとつもない、好意的な言葉ばかりを聞かされて、リオンはどぎまぎしてしまった。

「リオン」

「ラキス？」

リオンはラキスディートを振り仰いだ。

ヴェール越しに見えるラキスディートはうれしくてならないという顔をしていて、ああ、ラキスディートはリオンにこの言葉を聴かせたくて老夫婦を促したのだな、と思った。

かつてリオンのいたアルトゥール王国でのリオンの評判は最低だった。ヒルデガルドの影のようになっていた。

故意に悪い噂を広げられたのだと今ならわかる。

あの頃は信じたい人ですら味方ではなかった。

街を歩けば前のロッテンメイヤー伯爵の娘だと噂するヒソヒソ声がし、顔を背けられる。

リオンは知らない相手からも、悪意のこもった視線を向けられていた。

だから——だから今、会ったことのないひとたちが、自分のことをこんな笑顔で話してくれるのは不思議だと思う。

大丈夫だよ、とラキスディートがささやく。

リオンの髪が風に揺れる。チェリーブロンドの自分の髪を、この淡い赤毛を——綺麗だと思えたのは、今が初めてだった。

「お嬢さんも綺麗な髪をしているねえ」

リオンのヴェールから覗く赤毛を見て、店主の妻がにこっと笑った。

思わず心臓が跳ねてしまったけれど、ラキスディートの正体を隠す魔法のおかげでラキスディートとリオンが竜王とその番(つがい)ということはバレないはずだ。

胸がそわそわする。

容姿を褒められること——ラキスディートやエリーゼベアト、カイナルーンたち城の召使たちに褒められることはあるけれど——初めて会うひとにこうした言葉をかけてもらうことは初めてだった。

竜王国に来てずいぶん経つけれど、今日は初めてがたくさん起こる日だ。

リオンはそれを、うれしいと思った。

だから、少し勇気を出して目を細めた。

「ありがとう……」

それは照れ臭さゆえにすこし上擦った声だったけれど、卑屈にならずに言えた「初めて」だった。

自分でも「初めて」を生み出せた。

そう思うと、顔が綻ぶのを止められなかった。

ヴェールで顔は見られないはずだけれど、老夫婦があらあら、まあまあ、と声を立てて笑うのが見える。

「リオン、私が綺麗だと言った時よりうれしそうだ」

「ラキス！　その、あのね……これは……」

「やきもちを焼きすぎるとしつこいって言われるよ、旦那さん」

「旦那さん⁉」

一つに結った髪をばさばさ揺らして顔をしかめるラキスディートに、変わったことを自覚できてうれしかったのだと説明しようとした。

そのそばから、店主の「旦那さん」という言葉を聞いてしまって、リオンは自分でもわかるくらい素っ頓狂な声をあげてしまった。

旦那さん？　旦那さま。

今ここにいるのは、花飴屋の店主夫妻と、リオンとラキスディートだけで、つまり旦那さまというのは……

見上げるとラキスディートの金の目と視線がかち合う。

ぶわわ、と顔に熱が集まる。

実際集まっているのだと思う。

だって、心臓がこんなに速く鼓動している。

「旦那さま……。ね。旦那さま……」

口の中で繰り返す単語に、胸が温かくなる。

ラキスディートの番(つがい)ということは、伴侶ということでつまり、つまり。

「なんだい？　リオン、私の花妻」

——妻、と言われたことで、心臓が止まりそうになってしまった。

「は、はい」

だから、そんな返事しかできなくて、ぎゅっと胸元で握った手に力がこもった。

うれしい、うれしい、幸せで、たまらない気持ちになる。

リオンはごく小さく息をして、ラキスディートを見上げて微笑んだ。

「旦那さま……」

ヴェール越しの金の目が驚いたようにぱっと開く。

夜空のように美しい、リオンの旦那さま。

世界で一番リオンを幸せにしてくれる、リオンだけのあなた。

リオンは自分の目元が熱くなるのを自覚しながら、ラキスディートを見つめる。

ふわりと足が持ち上がって、ラキスディートの体温が近くなる。

リオンは、ラキスディートに抱きしめられるのを全身で受け入れた。

「ふふ、仲よしだね」

「ほんに。若い頃のわしらを見ているようだよ」

ふふ、ははは、と笑う店主夫妻にリオンは顔を赤らめはにかんだ。

「どうだいお嬢さん、旦那さん、花祭りの楽しみはダンスだ。広場で踊ってくるといいよ」

「あらあら、そうねえ。きっと楽しいわ」

店主夫妻がそう言って、広場の中央を指さす。

そこには今まさに、さまざまな楽器を持った音楽隊が集まりはじめており、これから催し物が始まると告げていた。

「ダンス?」

「ああ、花祭りにはダンスがつきものでね。番(つがい)同士が親睦を深めたり、求愛している雄のアピールのためだったりするんだよ」

「楽しむのが第一だから、友人や家族で踊ることもあるが、やはり目玉は番(つがい)同士のダンスだ。傍目にもわかるほど愛に満ちていて、それはそれはかわいらしいんだよ」

「かわいい、ですか」

老夫婦らしい、孫を見るような言葉にリオンは頷いた。

不思議だけれど、たしかにラキスディートがダンスをするならかわいらしいような気がしたのだ。

もしイクスフリードが知ったら、全力で否定するだろうことを考えつつ、リオンはラキスディートを振り仰いだ。

「ラキス」

「踊ってみる？　リオン」

「……どうしてわかったの？　ラキス」

「ふふ、そんな顔をしてたから」

ヴェールで顔を隠しているけれど、ラキスディートくらい近くにいれば見えるのかもしれない。

自分の表情を見られたと知ってリオンははっとし、けれどその相手はラキスディートだから、リオンの心臓は別の意味でドキドキし始めた。

「踊りたいわ、ラキス。けれどわたくしはダンスをしたことがないの」

「大丈夫、思うままにステップを踏めばいいんだ。ほら、あそこの番だって好きに踊っているだろう？　花祭りのダンスには決まった振りなんてないんだよ」

もともと求愛の踊りだったものがこういう祭りになったのだ、とラキスディートは言った。

なるほど、それならリオンでも踊ることができるかもしれない。

リオンの知るダンスといえば、豪奢なドレスを着たヒルデガルドが行くパーティーで踊られるものだということ。

それはとても楽しいということ。

そして、リオンは、大人になって一度も「ダンス」を踊ったことがない。

両親が生きていたころ、大きくなったらパーティーに行くのだからとダンスのレッスンを受けた。

引っ込み思案なリオンは簡単なステップを見ただけで、自分の目を見られることに耐え切れずうずくまってしまった。

両親は笑って「無理をしなくていい、きっと、リオンはまだ学ぶ時ではないんだ」と言ってくれたけれど、今となっては無理をしてでも勉強しておけばよかった、と思うばかりだ。

ヒルデガルドが学ぶのを遠くから見ていたけれど、くるくると回るその動きはリオンには目が回りそうに速かった。

ヒルデガルドはただ褒められるばかりだったので、だからどんなダンスがいいのかわからない。

「ラキス」

リオンは微笑んだ。

ヒルデガルドが踊ったのを思い出したから、ではない。

ただ、純粋な気持ちでラキスディートと踊りたい、と思ったのだ。

求愛のダンス。大好きなひとといっしょ。

リオンはラキスディートを見上げた。

ラキスディートは、リオンの思うことがわかったのだろう。

手を差し出して身をかがめ、目を細めて笑った。

銀の髪がさらりと揺れる。馬の尾のように結われた髪が夕暮れの光を受けて鮮やかな朱色に染まる。リオンのそれとまじりあったそれは、まるでこの世の美しい絹糸をすべて合わせたようにつややかにきらめいていた。

「お手をどうぞ、私の番(つがい)」

「ええ。どうぞ、よろしくおねがいします。わたくしの旦那さま」

心臓が跳ねる。とくん、とくんと音が聞こえそうなくらいに。

ただダンスをするだけ。

それでも、リオンはどうしようもないくらいうれしいわ、と思った。

軽快な音楽が流れてくる。

ラキスディートは、リオンを抱きかかえるようにして広場の端に飛んでいく。

もうすっかり正体を隠すことは忘れて、リオンもラキスディートも気持ちをふわふわさせていた。

かつん、と赤煉瓦(れんが)にあたって、靴が音を鳴らす。

わからない。これからどうすればいいのか。

だって、今までこんな風に体を動かそうとしたことがない。

けれど、不思議と怖いとは思わなかった。

ラキスディートがリオンの手を引いて、もう片方の手でリオンの背に手を回す。

やさしく支えるようにして、リオンの体ごとくるくると回った。

ラキスディートの銀の髪が風にのって、リオンのヴェールと並びあってたなびく。

「ラキス」

くるり、くるり。

靴が鳴る。かつ、かつ、たん、たたん。

周囲のひとびとのことが思考の外に出ていくような感覚。世界にはラキスディートとリオンの二人だけがいるような、そんな感覚がリオンを包んだ。

——それがラキスディートから生まれる魔力のせいだということは、リオンにはわからない。

「あなたが好き、ラキス」

もう、何度口にしただろう。

今日だけで何度も、何度も同じことを言った。それでも足りないと思う。

ラキスディートが好きで、好きで、どうしようもない気持ちになる。たまらなくなって泣きそうになる。

ラキス——ラキスディートさま——旦那さま。……わたくしだけのあなた。

リオンは握られた手をぎゅっと握りかえして、今日の幸せをかみしめた。

くるり、くるり、くる、くるり。

リオンとラキスディートはいつの間にか広場の中央に来ていた。

周囲の番たちがリオンたちにその場を譲ったらしかった。

一瞬、ラキスディートの正体がばれたのかと思ったけれど、それは違うらしい。

リオンが周囲を見るとみな微笑ましげな顔でリオンたちを見ている。

頬が熱くなる。

でも、このダンスをやめようだとか、そういう気持ちにはなれなかった。

ずっとずっとふたりでいたい。

ふたりきりで。ラキスディートと、いっしょに。

普段なら絶対に思わないことをリオンは考えてしまう。

ふわふわと浮いた思考の中、酔いしれたように目を細めるリオンに気付いたのだろう。

ラキスディートははっとした顔をして、リオンの頬を柔らかく撫でた。

リオンを抱き寄せ、リオンの額に口付けを落とす。周囲の歓声が気にならない。

どうしてかしら、そう思うことすらできない。

「リオン、だめだよ」

「ラキス……」

「魔力酔いだね。私の喜びが漏れてリオンに私の心を投影してしまったのだろう」

「とう、えい？」

「うん。でもリオン、リオンは自由でいて。私の想いに呑まれてはいけないよ。……君を壊したくないから」

あふれだした魔力は、その感情ごと想う相手に映してしまうらしい。

ラキスディートがキスでリオンから魔力を吸い取りながら説明するのを、リオンはほわほわした頭でぼんやり聞いていた。

聞いて、リオン。

私の執着で君をつぶしてしまう、濁らせそうになる。

だからいけないんだよ。

そう、ラキスディートはゆっくり言った。まるで子供に言い聞かせるように。

そうか、壊れるのか、壊されてしまうのか。

リオンは静かに思って、そうしていいえ、と首を横に振った。

「あなたがわたくしを傷つけることはないでしょう、ラキス。わたくしがそうなってしまったなら、それはあなたに壊されるのではなくて、わたくしがあなたに染まる時なんだわ」

リオンは微笑み、ラキスディートの黄金を溶かし込んだような色の目を見上げる。

竜も番(つがい)も永い時を生きるのなら、いつかリオンだってラキスディートと同じような考え方をするようになるのかもしれない。

けれどそれはあの店主夫妻だってきっと同じで、相手に染まる、相手と溶け合うことなのだ。

リオンは今回、ラキスディートの魔力にあてられてしまったけれど、いつかはきっとラキスディートへ思考が寄っていく。

そして、それはきっとラキスディートも同じ。彼もリオンの方へ寄ってくるのだろう。

溶け合って、まじりあって。きっと、一緒にいるというのはそういうことだから。

「リオンにはかなわないなあ……」

ラキスディートは笑ってリオンをぎゅうと抱き上げ、そのままくるくると回った。

周囲から歓声があがる。

「ラキス！」

「私のリオンは世界一かわいい！　愛しているよ、リオン！」

「ら、きすっ……！」

突然の告白に、リオンは顔をりんごのように染め上げる。

ラキスディートの言葉は周囲にしみとおるように響いた。

周りのひとびとは、その満ち足りた喜色の魔力を内包した声に何かを感じ取ったのか、さざめいた。

その中には「竜王？」「陛下？」「ではあの方が番（つがい）の？」というささやき声もあった。

けれど、二人のダンスを邪魔しようとする者はおらず、二人はくるくると踊り続けたのだった。

◆　◆　◆

「楽しかったわ……」

夢見るような心地でリオンはラキスディートの胸にもたれかかった。

あれから半刻ほどの間踊り続け、街灯が魔法の明かりにそまったころ、リオンとラキスディートはダンスの輪から離れた。

石畳をかつ、かつ、と歩きながら、ラキスディートとつないだ手に顔を綻(ほころ)ばせたリオンは、そういえば、とラキスディートを振り仰いだ。

「ラキス、花祭りはもう終わりでしょう？　これからどこへ行くの？　お城へは帰らないのかしら」

「リオンに、見せたいものがあって」

ラキスディートが目を細め、リオンを見下ろす。

石畳の最後のひとつを踏んだ瞬間、ラキスディートの背に透明な、薄いガラスを束ねたような翼が、りいんという音を立てて現れた。

「リオン」

ラキスディートが差し出したもう片方の手を何の迷いもなくとる。

両の手をつないだ形になったラキスディートとリオンはそのままゆっくりと浮上した。

ふわり、ふわりとリオンのヴェールと髪が舞う。

揺れたスカートに焦ったラキスディートがリオンを横抱きにした途端、ボタンに引っかかったラキスディートの髪紐がほどけて、いつものように美しい銀の髪がはらりと降りた。

「あ……」

「リオン、ごめん、大丈夫？　ひっかけてしまったね」

「わたくしは大丈夫。それよりラキス、髪は大丈夫？」

「え、ああ。もう大丈夫だよ。ここには誰も来ないから」

「わたくしはあなたのことを心配して……え？」

ラキスディートがここ、といった空。

いいや、下だ——丘に、大きな桃色の木が見える。それも、丘を覆うように群生する素晴らしく美しい、リオンの髪と同じ色の花を咲かせる木だ。

リオンは見たことがない花。けれど知っている、と思った。

これは——この木は——

「さく、ら？」

「うん、リオン。これが君の見たかったサクラだよ。少しだけここに生えていたのを、私が命じて増やさせた。土があっていたようでここまで増えたんだ。……少し魔法も使ったけれど」

そう言ってラキスディートは笑った。

そう、そうなのか。この花がサクラ。

リオンの髪と同じ色の——リオンがいつか見たいと望んでいた、サクラの花。

こんなに群生させるのはどれほど大変だっただろう。

等間隔に植えてあるサクラの木はきちんと手入れされている。

そこにラキスディートの気配を感じて、リオンは涙が出そうになった。

ラキスディートが、リオンのために育ててくれたのだ。

ラキスディートの魔力を感じて、リオンはぽろりと涙をこぼした。

うれしかった。本当に、うれしかった。

「リオン」

ラキスディートが焦ったような声をあげた。

髪がさらりと落ちて、涙で滲(にじ)んだ視界には流れ星の尾のように見える。

ほろほろと落ちるリオンの涙を、ラキスディートが柔らかな手つきで拭っていく。

それがたとえようもないくらいうれしくてまた涙があふれる。

「これは、わたくしのためのサクラなのね」

「……ああ」

「わたくし、あの国から救われて、ここに連れてきてもらって、ラキスと心を通じ合わせて。生まれて一番幸せなことが何度も何度も続いたわ。でも、でもね、ラキス」

リオンがラキスディートを見上げると、彼の黄金の目とリオンの視線がぱちりと合う。

ラキスディート、わたくしの夜。

ぱりん、ぱきん、と何かが砕ける音がする。

「わたくし、また、生まれて一番幸せなことがあったわ」

リオンがラキスディートを好きだと思う。

これは本当に幸せなことなのだ。

だって――そう、だって。

とろりと溶けていく。

記憶の檻がほどけて封じ込められていた記憶が少しずつ、今のリオンに溶け込んでいく。

ラキスディート、ラキス。

わたくしの、リオン《星屑》のためのラキス《夜》。

このひとは、リオンのものだ。

リオンはそう強く思った。

今まで、ラキスディートのためにリオンが生まれたのだと思っていた。

リオンはこのやさしい竜のために存在するのだと。けれどそれはきっと違う。

神さまがもしいるのなら、神さまはきっと何千年も前に、リオンのためにラキスディートを生み出したのだ。神さまはリオンにラキスディートをくださった。

星屑（ほしくず）のために、夜空をくださった。

その神さまはきっとラキスディート本人だ。

リオンは、リオンに己（おのれ）自身を与えてくれたラキスディートに三度目の恋をした。

三度目の恋は今。

リオンは、リオンのためだけのラキスディートに恋をした。

二度目の恋は、ラキスディートがリオンを救い出してくれた時。

青い薔薇（ばら）に囲まれた狭い世界でやさしいあなたを好きになった。

一度目の最初の恋もあなただった。

そう、そうだった。

幼いころ、リオンを守ってくれたあなた。

リオンと結婚の誓いを立てたあなた。

ラキスディート。

わたくしは、あなたに、溺れるような恋をしていた。

「あなただった、ラキス」

リオン、とラキスディートが口にする。その響きを、心より愛（いと）しく思っている。

もうずっと前から、それを知っていた。

「……あなたはわたくしを助けようとしてくれたのに。わたくしはそれをはねのけたわ」

「いいや、リオン。君は私を救おうとしたんだ」

「わたくし、あなたを忘れてはいけなかったの。ごめんなさい、ラキス。たくさん、たくさん、傷つけたわ」

「君は私を傷つけてなんかいない！」

ラキスディートがリオンを抱きしめる。ぎゅう、と骨が軋むほど強く。

これがラキスディートの熱なのだ、と感じてリオンはまた涙を流した。

「君に傷つけられてなんかいない。私のせいで君が傷ついたんだ。守りたかった。守れなくてごめん、ごめん、リオン、ごめん」

「わたくしは傷つけられていないわ。あなたに救われたのよ。何度も、何度も」

リオンはラキスディートにしがみつくように抱き返した。

ラキスディートとこのまま溶けて一つになりたい。

好きという気持ちばかりがあふれる。

どうしようもないくらいに、好きで、愛しくて仕方がなかった。

「わたくし、ずっとあなたが好きだったわ。ずっと。記憶をなくしてもあなたを好きになった。番だからではないの、ラキス」

いつか、あの青い薔薇の花園でラキスディートが言った言葉を繰り返す。

番だから、ではないんだ、リオン――

あの言葉にリオンがどれほど救われたか。きっとラキスディートはわかっていない。

けれど、それでよかった。

「番だから、ではないわ。わたくし、あなただから好きになったの。あなたのこと、何度忘れても
あなたのところに帰りたいと思う。だってあなたはわたくしの空なのですもの」

星が輝くために存在するのは夜空だ。夜空が抱きしめてくれるから星屑は輝ける。

ラキスディートの体が震えている。泣いて、ずっと嗚咽をこぼしている。

リオンも同じだった。

なんだかおかしい。こんなに幸せでたまらないのに涙が止まらないのだ。

「わたくし、あなたのこと、本当に愛しているんだわ」

「リオン、どうしてそう思うの」

ラキスディートの濡れた声が、リオンをやさしく溶かしていく。

そういうところなのよ、とリオンは泣きながら笑った。

「うまく言葉にできないの。ふわふわして、あなたとこうしているだけで泣きそうになるの。泣い
てしまうの。あなたはわたくしのためだけに生まれてきてくれたんだと思ってしまうの。おかしい
でしょう、だってあなたはわたくしよりずっと前に生まれたのに」

「……いいや、リオン」

ラキスディートは、リオンの額に口付けを落として言った。

それはまるで、宝物にするようなキスだった。

「私には、君の言っていることがわかるような気がする。うまく、言えないけれど」

ラキスディートは、リオンの頬に自分のそれを摺(す)り寄せた。

あたたかい。リオンより冷たい、けれどたしかなぬくもりを持つ肌。

「私たちは、互いのために生まれたんだ」

星のための空。夜空のための星屑(ほしくず)。

ああ、そうか、リオンは、なんだかわかった気がした。

「わたくしたち、ずっと遠回りをしてしまったんだわ」

思い出を振り返って。三度の恋を見渡して。

結局のところ、答えはここにあった。

つまり、そう、つまり。

「あなたが好き。ラキス。ずうっと昔から、あなたを愛しているわ」

ラキスディートを見上げると、黄金と目が合う。

少しずつ近づいた金と星屑(ほしくず)はやがて月明かりに照らされた影が一つになるまで、互いの姿を映していた。

◆　◆　◆

「ラキス、あなた、髪がほどけているわ」

長い口付けの後、リオンはラキスディートに言った。

高い位置で結わえていた髪の紐が切れ、ラキスディートの美しい銀糸の髪が彼の肩にさらりと流れている。

リオンはラキスディートの髪を指でくしけずるように手に取った。ラキスディートの髪は綺麗だ。

銀と月の色が混ざり合った幻想的な色――彼の鱗と同じ色。

ガラスのような質感のそれを思い出し、リオンは彼の竜としての姿に想いを馳せた。

人間でしかないリオンにとって彼のそんな姿はけして自分と交わることはないと思うような姿だ。だって美しすぎて、神さまみたいだ。

けれど、彼がリオンを守るために何度も傷ついたことを知っている。今のリオンはわかっている。

ラキスディートが、リオンをどれほど大切にしているか。

命をかけてリオンを想ってくれているか。

はっと思い出して、リオンはカイナルーンとエリーゼベアトが持たせてくれたポーチをポケットから取り出した。

その中には大切に折りたたまれた一枚のハンカチが入っている。

リオンが手ずから刺繍をした、おまじないのこもったハンカチ。花冠の刺繍の入ったものは以前も贈ったけれど、今度はそれに、本当に効力のある「おまじない」を刺繍したものだ。

「ラキスディートを、悪意あるものから守ってくれますように」と古語で書かれたそれは、ハンカチには普通縫い取らないほど精緻なサクラの意匠を施してあり、今日、この場で手渡す贈り物として、とてもふさわしいと思えた。間違いなく、リオンの一番の作品だ。

継母に貶められた刺繍の腕前だけれど、これは自分に作ることのできる最高の刺繍――そんな出来だと思えた。

リオンは、そのハンカチをポーチから取り出した。

ラキスディートの髪を、リオンの届く位置――腰のあたりでまとめて細く折りたたんだハンカチで結わえる。

本当は手渡したほうがいいのだろう。

けれどなんだか気恥ずかしくて、そして何より、ラキスディートに身につけてほしくて、リオンはそんなことをした。

顔が熱い。ラキスディートを守ってくださいますように、と祈りを込めて髪を結ったハンカチに口付けると、ラキスディートが驚いた顔で「リオン」と彼の番の名を呼んだ。

「リオン、これは……私に……？」

刺繍の一部を読んだのだろう。ラキスディートは古語も読めるから。

そこに込められた意味にか、彼はその手を震わせた。

髪に巻かれたハンカチをほどくことはしなかったけれど、感極まったように背を震わせ、リオン、ともう一度呼んだ。

今度は、自分のもとに来て、というような声で。

その意志に反する理由はない。

リオンは今までよりもっと近く、もうほとんど全身が触れ合うような距離で、ラキスディートにくっついて見せた。

「ふふ」

「リオン、ありがとう、君の贈り物がとてもうれしい」

ラキスディートが微笑んで、リオンをやさしく抱擁する。

ふふ、ふふ！　その髪が頬に触れ、くすぐったくてリオンは笑った。

幼いあの日、結婚の約束をしたことを思い出した。

リオンは、自分がラキスディートを本当に、本当に、好きなんだわ、と思ってうれしかった。

リオンはラキスディートの胸に顔をうずめる。

布がひらひらしている胸元は、今日は町の青年のふりをするために少しごわついた布地だ。その布がリオンの肌をくすぐっている。

それすら愛しくてリオンはまた笑った。

その時だった。

しゃらり、と音がする。

細い、軽い、金属のこすれるような高い音。

リオンはぱちぱち、と目を瞬かせて自分の首元を見下ろした。

「ラキス、なに、を……」

——それは、夜の月に冴えるような翠色をしていた。

星にきらめく美しい透明な石。触れれば冷たいような硬質な輝きだ。砕けた跡が金色に近い銀の色をしている。少し透明がかった何かによって、いつか砕けた跡が継がれ、まるで最初からそうだったように美しい花の形に——サクラの形に繕われていた。

エメラルド。初めて身につけるサクラのペンダント。

しかしリオンの脳裏にこれは、という情報を叩きつけてくる。

だってこの色、この輝きを、リオンは知っている。

これは——これは、この色は。

「リオン、君の母上のエメラルドだ。壊れていたから私の羽で継いだんだ。ようやく完成したから、君に返せる」

その声に、笑顔に、そのやさしい言の葉によって紡がれたあたたかな行為の意味を、リオンはたしかに理解した。

ペンダントから彼の魔力を感じる。サクラとおなじだ。

彼は自分自身の手でリオンのペンダントのかけらを拾い集め、修繕まで行ったのだ。

そういうことを理解してしまった。

だからリオンはもう、たまらない気持ちになってしまった。

本当に、このひとは、本当に、本当に――

リオンはもはや言葉を発せず、ラキスディートの首元にかじりついた。

どうしようもなかった。言葉にしようのない激情がリオンの中を駆け抜けて、リオンの心を揺らしていく。

言葉が出てこない。声にすることすらできないこの感情をどうすればいいのか。

ヒルデガルドに砕かれた母の形見。失ってしまった、もはやどこかで砂にでも混ざっていると思ったエメラルドのペンダントが今、形を変えてリオンの胸元を飾っている。

リオンは今、自身がどんな表情をしているのかもわからなかった。

ただ、ただ、ただ、ひたすら、苦しいほど、このひとを――ラキスディートを愛しいと思った。

「う、うう、ぅ……」

「リオン、リオン……」

「ふ、ぅ……ひ、ひっく」

「うん……うん、リオン。あのペンダントを、君に返せてよかった」

「わあ、あ……！」

子供みたいにしゃくりあげるリオンの髪を、ラキスディートの大きな手がくしけずる。

言葉もなく、ただ泣くばかりのリオンを、ラキスディートはずっと抱きしめている。

空が輝く。白銀の髪を風になびかせて星屑（ほしくず）のもつ紅色と混ざり合って、空にふわりと散る。

美しい光景だ。リオンはきっとこの光景を一生忘れないだろう。

春の夜の、何にも代えがたい贈り物。

あなたの真心。あなたのやさしさ。

星が降ってくる。流れ星が地上に降りる。もちろん、空に浮かぶ竜王国にも。

春の、さわやかな風がサクラのにおいをまとって二人を包む。

ああ——空が、きれいだ。

風がリオンのヴェールを攫（さら）って、丘の彼方へ運んで行く。

星屑（ほしくず）と夜空——リオンとラキスディートを隔てるものは、もはやこの世のどこにもありはしなかった。

◆◆◆

とある国の貴族の屋敷。鉄錆（てつさび）の臭いがする。

赤い何かがべっとりと頬から垂れて、それが気色悪くてヒルデガルドは舌を出した。

おえ、と喉が鳴る。

ヒルデガルドはそこでようやく、自分の目の前に倒れる何かの正体に気が付いた。

──ああ、そうだった。

「これ、あたしが殺したんだったわ」

もともと桃色に染まっていただろう、白い肌の中から赤い色が流れ出ていく。

まだ温かい。でも、そう遠くないうちに冷たくなる。

ヒルデガルドは自身の手に握られた銀色に輝くものを、スカートでぐいと拭う。

下働きのメイドの着るエプロンドレスが、べっとりとした赤いもので汚れる。

それがなんだかおかしくて、ヒルデガルドはくふくふと笑った。

「ああ、おかしい。あたしの前に来なきゃ、まだ生きられたかもしれないわねえ」

ヒルデガルドはこと切れた自分の上司──王宮勤めの出世頭と目されていた、金髪の侍女の頭を踏んだ。

ヒールのついた革靴をプレゼントしてくれたのはこの上司だった。

気立てが良いとヒルデガルドをほめてくれたっけ。

きっと私のあとを告げると笑って言った女──竜王国の王、その結婚式に同行する侍女に選ばれたのだと喜んでいた。

それをヒルデガルドに告げさえしなければ、まだ生きていられただろう。

馬鹿な女だ。

竜王国への片道切符をもつ女の身分と素性を、ヒルデガルドが欲しないわけがなかったのに。

「汚い。汚い。はやく掃除してしまわないと。あたしはメイドだもの」

ヒルデガルドは女の頭に乗せた足に体重をかけた。

みしり、みしりと骨のきしむ音がする。

ヒルデガルドは相変わらず、白粉をはたいた美しく装った顔を美しいままに歪(ゆが)めている。

くふくふ、くふくふ、くふくふ。

ヒルデガルドの、吐息交じりの笑いが静かに響く。

月明りがうっとうしい。月は確か星の一つだった気がする。

リオン、ヒルデガルドの姉だった少女が読んでいた本に書いてあった。

月が星だというのなら、ヒルデガルドは月も嫌いになろうと思った。

なぜなら、星はリオンだから。

あの目が泣きそうに水気をはらみ、苦しんで声を押し殺す姿がなにより愉快だった。

けれど今、リオンはいない。

リオンはあの竜王とかいう男のもとにいる。

幸せに暮らしていると告げたのも、今ヒルデガルドが踏みつけにしている女だった。

——不愉快だ。

ぐしゃ。何かが崩れる音がしてヒルデガルドはまた、くふくふ笑った。

ヒルデガルドの足の下、顔のつぶれた女が落ちている。

その時だった。

「……ヒルダ？」

「……シャルルさま」

馬房にいたのだろう。かつての王子さま然とした姿はもはや完全にありはせず、白金の髪は馬の糞や泥にまみれ、薄汚い茶色に染まっていた。

しかしそんなものはまだましで、シャルルの青かった目は黄色い膿を吐き出して濁っており、皮をむりやり剥がした肌はアルトゥール王国の医学の粋を集めてなおまばらにしか再生できず、ぼろぼろと剥げている。

ふらつきながら歩み寄ってくるシャルルを抱き止め、ヒルデガルドは吐きそうになるのをこらえた。相変わらず気持ちが悪い見た目と臭いだ。

「シャルルさま、早くお部屋に戻らないと、お体に障りますわ」

「しかしヒルダ、ベッドの寝心地が悪くて眠れないんだ。食事も塩が薄いし……」

ヒルデガルドは黙ったまま、シャルルの頭を撫でた。

当たり前だ。

シャルルが眠っているのはベッドではなく藁の上で、食事は使用人の残飯なのだから。

旅の心労がたたり目の見えなくなったシャルルを、ヒルデガルドはこれ幸いと屋敷の馬房の掃除役にした。

新しい宿だと言って使われなくなった家畜小屋に押し込める。食事や宿に金を払わなくていいから実に都合のよいことだった。

そういえば、と思い出してヒルデガルドは口を開いた。

分厚くはたいた白粉がふわりと風に流れる。

「シャルルさま、たった今、竜王国に行く用意ができましたわ」

「すごいな、ヒルダは。もうそんなことまで」

「シャルルさまのおかげです」

本当にこれはシャルルのおかげだった。予想外にいい働きをしてくれた。

体の弱い婚約者を養う哀れな女ということで、この足元にいる女の同情を買えたのだから。

ふと、シャルルが鼻をひくひくと動かした。

「ヒルダ、血の臭いがする。大丈夫か？」

ヒルデガルドを守ろうとするかのように、シャルルはヒルデガルドを抱き込んだ。

ヒルデガルドは微笑んだ。

シャルルのことはもうどうでもよかった。好きにさせても何の問題もない。

いい考えが浮かんだから、ヒルデガルドは笑ったのだった。

この女を調理場に放り込んでしまうのもありかもしれない、と。

まあ、面倒だから実行しないが。

ポケットの中、じゃらりと音がする。

あふれるほど持ってきた魔石はのこり三割ほどに減っている。

――十分だ。

ヒルデガルドはポケットに手を入れ、小さい粒のような石を取り出す。

もろい、砂岩のような石。それを手で崩すと一瞬だけ、ほのかな光が灯る。

光が収まると、そこには朽ちて土と同化した女だったものがあった。

ヒルデガルドはまるで恋する乙女のようにシャルルにしなだれかかった。

「シャルルさま、あたし、次はアンナって呼んでほしいわ」

「ああ、わかった。……駆け落ちというのは大変なんだな。名前を頻繁に変えねばならないとは」

「ほんとね」

ふいにシャルルが空を見上げる。

見えもしないのに星を見ている。

ヒルデガルドは足元に残った女の服を持ち上げる。灰となってさらさらと零れ落ちた服。

その服の持ち主の名は、アンナと言った。

第三章

サクラは散るものだ。春は終わり、初夏がやってくる。

白く淡い小さな花がはらはらと散り、茶色い葉が鮮やかな緑色に染まる頃、ラキスディートがリオンに告げた。

「結婚式をしないか?」

「結婚式、ですか」

まさかそのような言葉をかけられるとは思っていなくて、リオンはその星屑(ほしくず)の目をぱちぱちと瞬(まばた)かせた。

結婚。結婚式。

かつて婚約を破棄されたことを思えば、そのどちらも自分には遠いものだと思っていた。

そもそも、竜というものは番(つがい)になったこと自体が結婚のようなものなので、結婚した、という証が必要なわけではない。

それに竜は独占欲の強い生き物で、特に雄の竜が雌を人前にさらしたがることは少ない。職業婦人として働いている番(つがい)もちの女性もいるにはいるが、竜というものは本能として番(つがい)を独占したがる生き物なのだという。

そういうわけで、結婚式を行うのはよほど番を人前にさらすことに寛容か、雌が強く希望した場合のみになる。

リオンは結婚式がしたい、と言った覚えはない。

しかし竜王は竜ではあるが王でもある。

もしかすると外交上の理由があるのかもしれなかった。

「もちろん、リオンがいやなら無理にとは言わない。ただ……」

「ただ？」

「人間の花嫁はみな結婚式は幸せなものだと言うらしいから、君も喜ぶ、かと……」

まあ、とリオンは驚いた。

そして同時にうれしく、面はゆく思った。

ラキスディートがリオンのことを思ってくれるのはいつものことだけれど、番の本能にさからってまでリオンを喜ばせようとしてくれているのだと思い、それがうれしかったのだ。

「いやではないわ。わたくしだって夢だったもの。けれどラキス、あなたが無理をしてまで行うことではないと思うのよ」

「無理だなんて！　ただ、君が喜ぶなら……」

ラキスディートが顔を赤くする。

本当に、このひとはリオンのために何でもしてくださる。

それを申し訳なく思う反面、心からうれしいと思ってしまうリオンはわがままだろうか。

愛されることを知ってしまったから、もう昔には戻れない。

ただただこの幸せに浸っていたいと思ってしまう。

リオンは目を細めてラキスディートの頬に触れた。

ひんやりした竜特有の冷たい肌。ラキスディートが興奮すると、この肌に白銀のガラスのような鱗が浮くのを知っている。

ラキスディートがリオンの手に心地よさげに目を緩ませる——と、その時。

「話は聞きましたわ！　リオンさま！　竜王陛下！」

「結婚式をしましょう！　お姉さま！　竜王陛下！」

ばん！　と扉を開けて入ってきたのは、リオン至上主義の侍女であるカイナルーンとエリーゼベアトである。

興奮した面持ちの二人は、今までの会話を聞いていたのだろう。

結婚式！　とはしゃいだ様子で何度も繰り返している。

「せっかくですし、お姉さまがお救いになられた孤児院の子供たちも呼びましょう」

「素敵ですね、エリーゼベアトさま。カルさま、レーナさま、ジャックさま、フィーさまでしたか。その方々を代表として呼びましょうか」

「まあまあ、カイナルーン、お待ちになって。お姉さまがよければ、ですわ」

「あっ！　そうですね！」

カル、レーナ、ジャック、フィーとは、かつてアルトゥール王国でリオンが世話をしていた孤児院の子供たちだ。

そして、リオンが先だってアルトゥール王国に帰ったきっかけの子供達でもある。

いろいろあったが、今はかつてロッテンメイヤー邸――リオンの実家があった場所に自治権を得て暮らしている。イクスフリードがどうにかしたらしい。

その子供たちを呼んでくれるのか、とリオンは目を瞬かせた。

それはとてもうれしいことだわ。

「お前たち……」

ラキスディートが眉間のしわをもむ。リオンとの時間を邪魔されたのが嫌だったらしい。

リオンを膝に乗せて二人きりの時間を味わっていたのに、とぼやくラキスディートにかまわず、エリーゼベアトは腰に手を当てて熱弁した。

「結婚式は女の夢と聞きますわ！　美しい花嫁衣裳に素晴らしい食事、出席者全員に祝われる花嫁！」

「花嫁の美しさにみなが見とれると聞きます！　私たちのリオンさまはそのままでも美しゅうございますけれど、その日はリオンさまをいくらでもいくらでも着飾っていい日！」

「お色直しと言って衣装替えもあるのよ、カイナルーン」

「まあ、素敵！」

花婿の衣装は付け合わせの芋よ！　とでも言いそうなくらいはしゃぐエリーゼベアトとカイナルーン。

リオンは楽しそうなふたりに思わずくすりと笑った。

ラキスディートがそんなリオンを見下ろして結婚式、したい？　と尋ねる。

リオンは反射的に「ええ」と答えてしまった。

「そうか……」

「着飾ることに興味があるわけではないの。いいえ、もちろんラキスからいただいたドレスは全部お気に入りだけれど、こうやってみんなが笑顔で結婚式をしましょう、と言ってくれたことがうれしいのよ」

うまく言葉にできない。そういうことが言いたいわけではなくてもっと理由があるのだ。

リオンは少し考えて、ゆっくりと言葉をつづけた。

「ええと、あのね、ラキス」

「うん」

「わたくし、あなたを素敵な素晴らしいひとだと知っているわ。そしてあなたを尊敬しているし、あなたの番（つがい）になれてうれしいと思うの」

リオンは自分の顔がほてるのを感じる。

照れ隠しに胸元に輝くエメラルドのペンダントに手を添えた。

「あなたが素敵だということを知っていて、その、だからね、あなたがわたくしの番（つがい）だって世界中のひとに知ってもらいたいと……。ラキスに、あの……その、ラキスにはわたくしだけなのって、言いた、くて」

幼い嫉妬だ。

ありていに言えばやきもちだ。

リオンは、ラキスディートが世界中から畏怖（いふ）される強い王であることを知っている。だからこそ、ラキスディートに懸想（けそう）してしまう気持ちがわかる。

そんなひとを見たことはないけれど、そんなラキスディートに恋慕（れんぼ）するかもしれないひとが現れる可能性を考えると、じわじわと胸が苦しくなる。

そんな中で結婚式という、ラキスディートがリオンの番（つがい）であると示せる催しものが降ってわいて、リオンは思わず結婚式をしたいと思ってしまったのだった。

ラキスディートが動きをとめて固まった。

わたくし、なにかおかしなことを言ったかしら、とリオンが眉を下げると、ふいにラキスディートの腕がリオンを抱え上げた。

「ラキス!?」

「リオン、私は君が愛しくてならない……！」

耐え切れない！　と言いながらリオンを高く抱き上げてくるくると回るラキスディートに、リオンは目をぱちぱちさせて微笑んだ。

「ありがとう、ラキス。わたくしもあなたが好きよ」

「ふふ、リオンのその言葉で、ただでさえ長い私の寿命がまた延びそうだ」

「あらあら」

くすくす笑うリオンにラキスディートも笑い返す。

最後にぎゅうっと抱きしめられて、リオンの足はまたふかふかのカーペットにおろされた。

「リオン、それじゃあ結婚式をしようか」

「ええ」

手を取られて右手の甲に口付けられる。

まるで絵本に出てくる騎士のようなその行為がくすぐったい。

リオンは、好きよラキス、ともう一度繰り返した。

即座にエリーゼベアトが手をたたく音がする。

「召使一同！　集合！」

「はい！　エリーゼベアトさま！」

「カイナルーン、あなたは仕立て師のルルさんに連絡を。召使の一班は王宮に式場を作る準備を、二班は招待客の吟味を……外交部と相談してね。三班は調理組よ。献立を考えて。それで四班は……」

さすがエリーゼベアトだ。指示を出すのが素早い。

これは彼女が竜王の妹として諸外国の文化——とくに人間の文化を学び、精通しているのが理由だろう。

彼女自身の資質もあるだろうけれど。

カイナルーンも通信魔法で連絡をとったのか、すぐにルルさんが来ます！　と大きな声を出している。

カイナルーンはエリーゼベアトのサポートに戻り、指示を飛ばす傍ら、ふたりでぱあっと笑顔でリオンに目くばせをしてくる。

「リオンお姉さま、あと一刻ほどで仕立て師のルルさんがいらっしゃいますからね。陛下はさっさと別室に移動してもらって……」

「やけに進みが早くないか？　エリーゼベアト」

作業の素早さに疑問を持ったらしいラキスディートがエリーゼベアトに尋ねる。

するとエリーゼベアトが自信満々に返した。

「もちろん！　結婚式をしてほしいのは召使一同考えていたことですからね！　開かれないかもしれないとは思いましたが、催されることになった時を考えて用意しておりましたのよ！」

「人間の国には花嫁衣裳というものがあると聞きましたわ！　蜜月のご衣裳とはまた違う……どころか、蜜月のご衣裳以上にいくらでも豪華にしていいそうですね！」

「お姉さまを好きなだけ飾れますわ！」

「リオンさまの美しいお姿を見られるなんて歓喜の極みです！」

リオンの花嫁衣裳について力説する二人である。

自分が慕われていることを、うれしく面はゆく思いながら、リオンはありがとう、と答えた。

「ところで、ラキスの衣装は？　きっと素敵なんでしょうね……」

ふと思い立ち、うっとりと目を細めるリオン。

ラキスディートはただでさえ美男で体形も理想的で、まさしく美しいという言葉そのものの外見をしている。

顔で好きになったわけではないけれど、リオンはラキスディートをこの世で一番素晴らしい見目をした男性だと思っているのだ。

そんなラキスディートが素晴らしい衣装を着れば、きっともっと格好よくなるのだろう。ラキスディートがこれ以上見目麗しくなれば、ラキスディートを好きになる人が現れるかもしれない、と不安に思う一方、純粋に世界一素敵なリオンの旦那さまを見たいという気持ちもある。

リオンは微笑んでその様子を想像する。

純白の装束に身を包んだラキスディートの素晴らしい衣装の隅にでも刺繍（ししゅう）を施させてほしいと思

いながら。

「あ」

そんなリオンに対し、エリーゼベアトとカイナルーンはわかりやすく戸惑った声を出した。

え？　と困惑するリオンに、ふたりはえっと、あー、と言いながら目をそらす。

「ええと、そうですわね、陛下の衣裳も素晴らしいものを仕立てましょう」

「ですね！　竜王陛下は美丈夫でいらっしゃいますから、きっとお似合いになる衣裳を作りますわ」

微妙にかみ合わない会話にリオンが首を傾げる。

ラキスディートが後ろからリオンの肩をやさしくたたき、リオン、と呼んだ。

振り仰ぐと苦笑いをしたラキスディートの視線がリオンと交わる。

「どうせ、花婿の衣装は付け合わせの芋とでも思っていたのだろう」

「あら、まあ」

リオンが口を押さえて驚くと、エリーゼベアトとカイナルーンのふたりはばつが悪い顔をして申し訳ありません、と頭を下げた。

「すみません。でも陛下だってお姉さま……番さまの晴れ姿を見たいでしょう？」

「陛下の大切なお方である番さまは我々の命を懸けて美しくして差し上げられるお方です！　そうですよね！」

「それはそうに決まっている。だから私は別に咎めてなどいない。むしろ私の衣装にかける予算をすべてリオンの花嫁衣裳にかけてもいいとすら思っている」

「そうですよね!!」

ぐっと力をこめて拳を握り締めるカイナルーンにリオンは思わず「だめよ！」と声をかけてしまった。

「リオンさま？」

「だ、だって、わたくしラキスの素敵な姿を見たいんですもの。お願い、ラキスの分をわたくしに回すなんてしないでちょうだいな」

そんなリオンの言葉にエリーゼベアトとカイナルーン、それに背後でまめまめしく働く召使たちが動きを止めた。みなそろって天を仰いでいる。涙ぐんでいる者までいた。

「さすが番さま……リオンさまですわ……」

「私たちの理想の姫君……」

「竜という生き物はこういう芯が強くてお優しい方に弱いんです。リオンさまは本当に素晴らしい姫君でいらっしゃいます」

めいめいに涙をぬぐう召使たちに驚いて背後のラキスディートに助けを求める。

ラキスディートはふふ、と苦く笑った。

「竜という生き物はね、昔から君のような女性を理想としているんだ。おとぎ話の竜は、たいていリオンのような姫君を守っているだろう？」

「おとぎ話をあまり読んだことがないの……本を与えてもらえなかったので……ごめんなさい」

「大丈夫。これからいくらでも本を読めるよ」

ラキスディートがぱちんと指を鳴らすと、召使たちがざっと集まった。

どこから持ってきたのか、いつの間にか彼らの手には分厚い本から絵本まで多種多様な書籍が重ねられている。

驚くリオンに、ラキスディートは「これはみんな君のものだよ」と笑った。

大切にされているのはわかる。

竜王国がそれだけの財力と権力を持っているのも知っている。

ただこれは甘やかしすぎだ。

「もう、ラキス、みんな、わたくしに甘すぎるわ」

「甘いくらいでちょうどいいんだよ。リオンをかわいがることは私の、そしてみなの幸せにつながるのだから」

「またそうやって……」

リオンは顔を赤くした。

竜のみんながやさしくてリオンは時折困ってしまう。

眉を下げてもう、と困った顔をするリオン。

彼女が、自分が大切にされることを受け入れてくれるのがうれしくて、みながやさしくするのだ、ということをリオンだけが知らないのだった。

◆　◆　◆

竜王国とアルトゥール王国の間にある国の、アルトゥール王国の王都から馬車で一か月ほどかかる小さな町。その田舎町の領主の屋敷で、ヒルデガルドは青い目をゆっくりと細める。

「あたし、お義姉（ねえ）さまが幸せになるなんて許せないの」

「姉？」

宵闇にすけるようなボロから令嬢の着るドレスに着替えながら、ヒルデガルドは言った。

目の前には魔石で意識を混濁させられた貴族の老夫婦がうつろな目で座り込んでいる。

シャルルが目やにだらけの目をこすって首を傾げた。

シャルルの目は今では光の有無しかわからないほど病に蝕（むしば）まれていた。魔石の力を使えば健康体に戻ることを知っていたけれど、ヒルデガルドはそうしなかった。

魔石には限りがある。役に立たないこの男――シャルルに使うのはもったいない。

元居た王国や竜王国から遠く離れた小国の貴族。

殺し、なり代わり、身分を偽って流れ着いたこの国で、子供のいない老夫婦は物乞いをしたヒルデガルドを憐れんで召使としてやとってくれた。

ヒルデガルドはこれ幸いとシャルルを厩番として働かせ——シャルルは新しい遊戯だと思い込んでいるようだ。長い放浪生活で精神まで壊れたのだろうか——自分は召使として貴族の屋敷に収まった。

人格を偽るのは得意だ。シャルルにだってそうしてきた。その結果、他人が自分を好ましく思うように仕向けることだって簡単だ。

ヒルデガルドはいつかは義理の娘に、と望んでくれた老夫婦ににっこり笑って魔石を差し出した。

——アメリ？　どうしたんだい？

何度も変えた自分の名前を呼ぶその老夫婦に反吐が出る。

ヒルデガルドは怪しく輝く魔石をくしゃりと握りつぶした。

魔石は魔力を結晶化したもの——砕くことは簡単だ。

砕いてそこに内包する魔法力を取り出して、相手に暗示をかける。

ヒルデガルドはそうやって他人になり代わってきた。

——おとうさま、おかあさま。

——あたしはヒルダ。あなたたちの、遅くにできた一人娘。

——体が弱く、今まで外に出られなかった、たったひとりの娘は加持祈祷のおかげで最近体調がよくなった。

――竜王国の、竜王の結婚式に呼ばれたあなたたちはもう足腰がおぼつかないの。

――だからあたしとその婚約者を代わりに向かわせるのよ。

静かに、けれどはっきりとまるで歌うように紡いだ言葉。

それはまるで呪いのように老夫婦の体を縛り付けた。

――ああ、ヒルダ。私たちの、かわいいヒルダ。

老夫婦はどろりと濁った眼でヒルデガルドを見た。

ヒルデガルドはしっかりと暗示がかかったことを確認して、ドレス職人を呼んで何着ものドレスをあつらえた。

老夫婦はこの国では信頼が篤いらしい。体が弱く、今まで外に出られなかったヒルダ――そう設定した夫妻の娘のためならと、急いでドレスを縫ってくれた。

これはヒルデガルドにとってはうれしい誤算だった。

これでリオンとあの竜のいる国へ行くための下準備が充分にできる。

ヒルデガルドは老夫婦の財産で魔石を買い集めた。

それをアクセサリーに加工して荷物の隅々にまで隠した。

魔石は見た目だけなら美しい。正しく魔石を使える、知識のある者は限られているため、人間の国では装飾品としてしか使われない。

だからアクセサリーとして令嬢が大量に持っていても違和感はない。

ヒルデガルドは厩（うまや）から屋根裏部屋に移動して眠っているシャルルを振り返った。

「お義姉（ねえ）さま……」

ぎり、と食いしばった唇から血が垂れる。

薄桃色の髪をした、美しいリオン。

ずうっと貶（おとし）め、不幸になれと呪い続けてきた彼女がやさしく愛されていると想像するだけで、胃の腑（ふ）が煮えくり返りそうになる。

リオンと話し、リオンを傷つけ、リオンに触れていいのはヒルデガルドだけだ。

むごたらしいほどの執着心が、ヒルデガルドの顔をみにくく歪（ゆが）めた。

口の端から垂れた血を腕でぐいと拭い、ヒルデガルドは冷めた目をして身をやつすために着ていたボロを放り投げた。老夫婦の、若くして死んだ娘の墓から遺品を漁（あさ）る行為は、今となってはヒルデガルドの心になんの感慨も浮かばせない。

人を殺したことからすれば、墓を暴（あば）くことになんの抵抗もない。

いくつかの遺品を手にヒルデガルドは屋敷へ戻った。これに魔石を飾る。両親からの贈り物だと言えば奪われはすまい。色濃くついた死者の匂いがヒルデガルドの正体をも隠してくれるはずだ。

星明かりが嫌にまぶしくてヒルデガルドは目を細めた。

無理矢理に目をそらして部屋のランプをつける。

――婚約者役は、シャルルでなくてもよかった。

シャルルは今も目がまともに見えない。いわば役立たずに拍車の掛かった木偶人形。うち捨てて新しい人間を魔石で洗脳して従わせればいいだけのこと。

それをしなかったのはなぜか、ヒルデガルドは自分でもよくわからなかった。

「魔石がもったいないからね」

そうやって納得して、ヒルデガルドは先ほど目をそらした星空をぐっとねめつけた。

思い出すのはリオンの顔。目を隠して、いつもおどおどして、けれどどうしようもなく美しい義姉の顔。

「必ず――」

ヒルデガルドは部屋のバルコニーから空へ手を伸ばした。

いつまでたっても届かない、その空がひどく憎たらしい。

「――あなたを不幸にしてあげる。リオン、お義姉さま」

星の光なんて大嫌い。閉じた目の中でその光が忌々しく瞬いた。

◆　◆　◆

「リオンお姉さま！　お色直しのドレスはこちらでいかがでしょう？」

「エリーゼベアトさま、そちらの桃色ももちろん素晴らしいですが、リオンさまの目のお色と合わせるなら、この青い生地もようございますわ！」

「あら本当ね、カイナルーン。でも悩むわ……。こちらの桃色はリオンお姉さまの髪と同じ色で、きっとお姉さまがお召しになればサクラの妖精のようになってよ」

「ああ、確かに！　悩ましいですね……」

エリーゼベアトとカイナルーンが、リオンに生地を当てながらあれやこれやと悩んでいる。

リオンのお色直し用のドレスを仕立てる段階になってどの生地がいいかと話し合っているのだ。

そこにラキスディートの礼服の話は出てこない。もはや付け合わせのパセリである。

「総レースも素敵ですよ」

「駄目よ。レースは婚礼衣装に使ってしまったもの。印象が似てしまうわ」

「けれどあちらは真珠を縫い付けてありますでしょう。こちらには生花などを飾れば見た目の雰囲気も変わるのでは？」

「言われてみれば確かに……飾る花は？」

「もちろん青薔薇（ばら）を」

「ふむ……」

着せ替え人形のように立ちっぱなしのリオンは苦笑いを浮かべた。今も長い前髪は、ドレスに合わせるからとたくさんのヴェールを重ねられ、ぺたりと額に張り付いている。

エリーゼベアトもカイナルーンも、きっとリオンより真剣だ。

リオンはドレスももちろんうれしいけれど、ラキスディートと結婚できるうれしさが勝り、ドレスを二の次に置いていたのに。

「エリィ、カイナルーン。そんなに悩まなくても……」

「いいえ！」

「いいえ！」

リオンの言葉を、二人が鬼気迫る勢いで否定する。

面食らってリオンは少し後ずさった。

「お姉さま？　お披露目のドレスを選ぶのは何もお姉さまだけのためではありませんのよ」

「そうですわ。ドレスは対外的にリオンさま――番さまがどれほど愛されているかを示す武装なのです」

「お姉さまがどれほど素晴らしいドレスをお召しになるかでお姉さまの価値が決まってしまうかもしれません！」

「いやです、いやです！　私たちの番さまは世界でいっとう素晴らしいお方です！　侮られるなんてあってはなりません！」

拳を握って力説する二人に、リオンは目をぱちぱちと瞬かせた。

そんな理由があったのね、とリオンは反省した。そして二人にそうなの？　と尋ねた。

「そうなのですわ！」

「ええ、ええ！　そうなんです！」

リオンが納得したことで、エリーゼベアトとカイナルーンは満足げに頷いた。

が、その直後、カイナルーンはリオンに似合う花を魔法で保存しようと言い出し、エリーゼベアトはリオンのための宝石を市場から買い占めようと言い出したので、「これはわたくしに贅沢をさせるためのいいわけなんだわ」とわかった。

「ふたりとも、無理な贅沢はいけません」

そう言ってリオンがたしなめるまで、二人の暴走は続いた。

ドレスを着替え、生地を当て、飾りも選んで……自分が動かないにしてもひどく疲れる。

ふう、と息をついてソファに腰かけたリオンの背後に、ラキスディートがひょいと顔を出した。

「大変だったね、リオン」

「ラキス！」

ラキスディートはリオンの様子に苦笑して「ごめんね」と続けた。

「エリーゼベアトもカイナルーンも、君を飾りたくて仕方がないんだよ」

「ええ、わかっているわ。大切にされている、ということも」

ラキスディートは、本気で謝罪しているわけではないのだろう。

リオンも彼女たちを悪いと思っていないから、よくわかることだった。

「エリィもカイナルーンも、わたくしを世界一幸せな花嫁にしようとしているのよね。わたくしのためですもの。わたくしだって一生懸命にがんばるわ」

それにね、とリオンは微笑んだ。

「うれしくもあるのよ。あなたと結婚したという証ができるから」

「証？」

首を傾げたラキスディートにリオンはええ、と笑った。

「実は少しだけ不安だったの。わたくしたちの関係には形がないから。番という関係は、目に見える形がないでしょう。人間の国だと指輪や誓約書があって、しっかりと形に残る証があるの」

膝の上に置いた手を意識して緩める。知らず、緊張していたらしかった。

「わたくし、あなたとの関係を証明できる印が欲しかったんだわ。だからこの結婚式が今とてもうれしいの。みんなの記憶にも、他国の記録にも残るものだから」

「リオン……」

「不安、そうね、不安だったの。この生活のどこにも不幸なことはないし、愛されないこともなかったわ。だからわたくし、贅沢になってしまったのかもしれない」

そう言って微笑んだリオンを、ラキスディートがそっと抱きしめた。

リオンは小さく息を吸って目を閉じた。

ややあって、感情の波が収まるのを待って、もう一度目を開ける。

「贅沢でいいんだよ。リオン。そのくらい、贅沢のうちに入らない」

「……ふふ、ありがとう、ラキス。わたくし、本当に幸せ者だわ」

リオンが、ラキスディートの背に手を回す。

そのままゆるりと横たえられ、ふたりして微笑んだ。

式までひと月をきっていた。


気付けば竜王、ラキスディートとその番(つがい)リオンの結婚式は一週間後に迫っていた。

今夜は続々と到着する世界各国の来賓(らいひん)がそろったので、歓迎会を兼ねた舞踏会が開かれる。

空に浮かぶ竜王国へ上陸するには竜が魔法をかけた飛行船に乗らねばならず、空を飛ぶことも初めての招待客たちは興奮したり喜んだり、はたまた初めての空に驚いたりと様々な反応を示した。

時間をかけ、招待客数百人が竜王国の城や王都の宿場に腰を据えたのを確認して、今夜の舞踏会の開催の運びとなった。

夕焼けが近く、わずかに朱の混じる空の下、夫からの贈り物によって一層豪華になった部屋でリオンは今日のドレスを着つけられていた。

この薄紅色のドレスはふんわりと裾が広がっていて、着る人間が一輪の花のように見える。多くのレースやフリルをふんだんに使っているのにまったく重くない。

フリルを薔薇(ばら)のようにまとめて胸と腰を飾っている。体に羽衣のように巻き付けた薄い布地が、まるでリオンを妖精のように見せていた。

仕立て師のルルが腕を振るい、竜の魔法を使ってウエストを締め付けないのにスタイルが整う素晴らしいドレスだから、リオンは全く苦しくない。

苦しくない、はずなのだが。

口元をハンカチで押さえ、今にも戻しそうな苦しさを紛らわせながら、リオンはソファに腰かけていた。

そばに控えるエリーゼベアトとカイナルーンが「舞踏会は欠席しましょう」と勧めてくれるが、そんなわけにはいかない。世界中のひとがリオンたちのために来てくれているのだ。

ドレスを汚さないようにエプロンをして、リオンは長い前髪の内側でゆっくりと目を閉じ、息を吐いた。

最近いつもこうだ。心に負荷がかかっているわけでもないのに、リオンの体は食事の匂いを嗅いだだけで吐き戻してしまう。

ならば病気かと言えばそういうわけでもなくて、ひどく眠い以外には体の変化はない。

「お姉さま、お体を大事になさってくださいませ」

「大丈夫よ、エリィ。わたくし、少し緊張しているのかしら。すぐによくなるわ」

「けれど……」

「それにね、わたくし、楽しみにしていたの。だからどうかわたくしのわがままを聞いてちょうだいな。大丈夫よ、ラキスがいるんだもの」

リオンはそう言って、手の甲に巻き付けられた青薔薇の腕輪の香りをすうっと嗅いだ。青薔薇の匂いは胃のむかむかを抑えてくれる。

魔法で加工した腕輪はそれ自体が生花だ。

だからかぐわしい香りは枯れぬまま。

リオンは存分に薔薇の香りを楽しんだ後、少し落ち着いた胃を押さえてにっこりと微笑んだ。

「ヴェールをかぶせてくれる？　エリィ、カイナルーン」

「もう、大丈夫なのですか？」

カイナルーンが不安げな顔をするけれど、一過性の吐き気はもうすっかり落ち着いている。

「大丈夫よ」

そう返して、リオンはこちらも心配そうなエリーゼベアトにレースのヴェールをかぶせてもらった。

「行きましょう。舞踏会はもうすぐ始まるんですものね。ラキスも待っているわ」

リオンが微笑むと、エリーゼベアトとカイナルーンはしぶしぶといった様子でリオンの支度を整えた。

大勢の召使たちが番さま、ご無理はなさらず！　と言ってくれたが、リオンはもう一度「大丈夫よ」と返した。

だって、本当に平気なのだ。

リオンは今日もたっぷり眠ったし――まだ眠くはあるが――気分が悪くなるけれど、一度の量を減らしてきちんと食事もとれている。

ラキスディートも心配してくれるが、結婚式の参列者をがっかりさせたくない。

リオンは、初めて「自分のためだけに」開かれた祝いの席、というものがうれしかった。

だからなんとしても、その場所に立ちたいのだ。

最後にラキスディートから贈られたエメラルドのペンダントをして支度は整った。

控室の扉を開けると、そこにはこちらも心配そうな顔をしたラキスディートの姿がある。

リオンはふふ、と笑って今日三度目の「大丈夫」を繰り返した。

「行きましょう、ラキス。今日はお客さまたちに楽しんでいただかなくてはいけないわ」

「リオン。本当に無理はしないで。君と客人、どちらが大事かなんてわかりきったことを私に言わせないでね」

「……わたくしの方だともう十分わかっているわ。だからね、これはわたくしのわがままなの」

「リオン」

「ふふ、ラキス、わたくし、とってもうれしいの。あなたのことを、あなたとわたくしの関係についてを、たくさんの人が知ってくれる……。そのことを心のそこから、幸せだと思うの。ね、わたくしは大丈夫。だからわたくしに、あなたを自慢させてくださいな」

「……しかたないなあ。君のお願いに私は弱いんだ」

「ありがとう、ラキス」

自分のことを案じてくれるひとがいる。

それがこんなに幸せなことだなんて、ほんの一年ほど前は知らなかった。

夕焼けの色が群青に染まっていく。

舞踏会が、始まろうとしていた。

◆　◆　◆

リオンには伝えていないことだが、最近体調の悪い竜が増えていた。

結婚式には各国の重鎮を招き、竜の魔法や竜の国にしかない魔法船で運んだ。そうしてようやっとすべての招待客が集まった時、まず一頭の竜が倒れた。

まだ子供の、年若い竜だったため緊張したのだろうとされたけれど、その小竜だけで事態は終わりはしなかった。

幼い雌の竜、老竜、そういった弱い竜からやがて若者の竜まで。

けして多くはないが、看過できない数の竜が謎の体調不良に頭を悩ませていた。

最初に倒れた竜のように、か弱すぎるわけではない竜たちはその程度で済んでいるから大事にはしていない。けれども、きまってめまいを伴う症状と力をうまく扱えない感覚が続くというのはかつてなかった病だ。

リオンもまた体がすぐれないらしく、こんな時にこのような問題を伝えて余計な心労をかけるのは避けたかった。

――それに。

「リオン……」

ラキスディートはささやくようにその名を呼んだ。

リオンは竜に近づいている。

竜は番を失うと耐え切れないほどの悲しみに襲われる。だからこそ、番になると寿命の短い種族は竜と近しい寿命になるように――わかりやすく言えば、竜に近い生き物に変わっていくのだ。

リオンはラキスディートと番になって交わりずいぶん経つ。

リオンの髪が伸びるのが緩やかになった。爪ももうずいぶん削っていないはずだ。

いつもサクラ色の頬は生命力に満ち溢れ、星屑の瞳にはうっすらと魔力まで宿っている。

きっと、リオンがその気になってなんらかの媒体を使えば、魔法も使えるだろう。

リオンは竜と交わって――ラキスディートと愛し合って、その身を竜の気配に浸してきた。

だから、おそらくリオンの体はもう人間のそれではありはしまい。

ラキスディートはリオンが竜だとか人だとか、そんなことで好きになったのではない。どんなリオンでも愛している。

けれど今、竜ばかりが体を悪くしている状況でリオンが竜に近づいたら、愛しい番にも害が及ぶのではないかと不安で仕方なかった。

「ラキス」

「リオン……」

ラキスディートがふりかえると、薄紅色のドレスを着た、輝くばかりに美しい己の番がいた。薔薇色に色づいた頬が、はにかんでえくぼを作るのがかわいらしくて、ラキスディートはほ、と息を吐いた。

「今日は、わたくしとあなたの結婚式の前夜祭でしょう。お客さまが待っていらっしゃるわ。一緒に行きましょう」

そう言ってリオンがその柔らかな白い手を差し出し、ラキスディートは慌てたようにその手をぎゅっと握りしめた。

「ふふ、ラキス、緊張しているの？」

「緊張、しているのかも。リオンが、あまりにもきれいだから」

不安も、恐れも。リオンを前にすると、消えていく。

彼女を守らねばならない、という強い意志がラキスディートを奮い立たせてくれるからだ。

リオンがレースに縁どられたドレスの胸元に手をやる。

そこにはラキスディートの鱗で補強したエメラルドのペンダントがきらきらと輝いていた。

「実はね、わたくしも緊張しているの。でも、ラキスがくれたこのペンダントがあるから、頑張って立ちましょうって思えるのよ。わたくしはラキスにお守りをあげたけれど、わたくしもお守りをもらってしまったのね」


ふふ、と笑うリオンはラキスディートを見上げるように背伸びをした。

キスをねだっているのだ、と気付いてラキスディートはどうして、と思ってしまった。

――どうしてこんなにかわいいのだろう。

――どうしてこんなに愛しくなる。

――ただひたすら愛しいだけの存在がある、それがどれだけ幸福か、きっとこれはリオンも知らないだろう。

リオンの目元に、額に、頬に、唇に、雨のような口付けを降らせながら、ラキスディートは笑った。

幸せだ。幸せなんだ。

この幸せを、この唯一を、奪わないでくれ。

どうしてそう思ったのかわからない。

チェリーブロンドの髪がほろりとほどけて、ヴェールの向こうに青い星の瞳が透けて見える。

この儚く、美しく、愛しい存在が傷つけられる世界があってはいけない。

ラキスディートの喉がぐるりと鳴る。

それは、もしかするとこれから起こる事件への予感かもしれなかった。

「ラキス？　どうかして？」

「いいや、リオン、なんでもない。さ、行こうか」

リオンの手をとってエスコートする。

人間の真似事を、けれど今は真剣に学んでよかったと思う。

リオンの体が羽のように床を滑る。滑るように歩いているのだ。それがラキスディートがエスコートしているからならばうれしい。

朱に染まったリオンの頬、不安を払拭するようにその頬に口付けをおとし、ラキスディートは笑った。

——その遠く後ろ、立ち入り禁止の廊下の隅で魔法石をひとつ割り砕いて幻覚を使った音がした。

見つめている、見つめている、にらみつけている。

「絶対に、幸せになるなんて、赦さないわ……」

その声を誰も聞くことはなかった。

◆　◆　◆

「竜王陛下、並びに番さまのおなり！」

大きな扉が開いて、リオンが見たものは煌(きら)びやかなシャンデリアの下で輝く、色とりどりのドレスの海。

まるで花畑のようなそれを、リオンはときめく心地で見つめた。

ラキスディートがリオンの手を引いてくれる。

リオンははっとしてラキスディートを見上げた。

ラキスディートは黄金の目を優しく細め、リオンを見下ろしている。

上背のあるラキスディートの長い白金(はくきん)の髪が、リオンの薄紅色の髪と混ざり合う。

リオンはどきどきと緊張する心以上に、守られている心地になって、ラキスディートの手を握り返した。

「まあ……なんて綺麗な青色の装束なんでしょう……」

「ヴェールに隠された姫君の美しさがわかるようだね」

リオンの初々しい様子とハッとするような美しさ――もちろん、目元は隠されているけれど――に招待客はため息をつく。

そして、そんなリオンと仲睦まじい、ラキスディートの容貌もまたずば抜けて優れているから、未婚の者はともかく、すでに伴侶のある女性でもラキスディートに見惚れずにはいられない。

「竜王陛下、なんと美しい」

「美男美女の陛下と番(つがい)さまが並ぶと、ほんとに綺麗ですわぁ」

「しかし、目を隠しておられるのはどういうことなのだろうな」

「竜王陛下の独占欲の表れでしょう、番は竜の逆鱗よ、滅多なことを言うものではないわ」

そんな声がそこかしこで聞こえる。

リオンとラキスディートは会場の中央にたどり着き、見つめ合う。

人間の作法とは違うかもしれない。けれど竜王国ではこれでいい。

ラキスディートはリオンを抱擁し、招待客に自分がどれだけリオンを愛しているのかを見せつけた。

そしてリオンを抱きしめたまま、声を大きくする魔法によって言葉を紡ぐ。

「今宵は私と番の結婚披露パーティーに来てくれてありがとう。私がこの国の王、ラキスディートだ。番の名は伏せさせてもらう。……私以外の者が彼女の名前を呼んでいるのを聞いたら、私はみっともなく嫉妬して山をひとつ消してしまうだろうからな」

ラキスディートの牽制混じりの口上に、招待客はギョッと目をむいた。

けれど、慌てたリオンがラキスディートの胸をトントンと叩き、それにラキスディートが笑うという光景が広がると、招待客らはほっとした。

と同時に、この竜王がどれほどこの姫君を溺愛しているかを理解して気を引き締めた。

竜王が山を消す、と言ったのは本気だ。

番に何かあれば、竜王は本当に山一つ、下手をすれば国を一つ消してしまうだろう。

竜とはそういうものだ。

改めて、竜という圧倒的な強者への畏怖の念とともに、誰からともなく竜王とその番に礼をとる。

「そんなにかしこまらなくてよい。私は今日、祝うために皆を招待したのだ。今宵はただ楽しんでいってほしい」

ラキスディートが話し終えると小さな花が一面に現れた。

招待客の一人が触れようとすると指をすり抜けてしまう。そう、これは光の魔法で作った幻影だ。

デザインはリオンが刺繍した花のもの。

それがまるで生花のようにふわふわと揺れて美しい。

招待客たちはわっと歓声を上げた。

パーティーの始まりだ。

ラキスディートとリオンは広間の中央で腕を組んだ。

花の動きに合わせて、凛とした音で柔らかな音楽が奏でられる。

この曲にリオンは聞き覚えがあった。

ところどころ、竜王国風にアレンジされているがワルツだ。

リオンがステップを踏むと、ラキスディートが巧みにリードしてくれる。

楽しくなって微笑んだリオンは、ラキスディートの手の動きに合わせてくるりと回った。

フリルでいっぱいの青いドレスが、リオンの体の動きに合わせてふわりと揺れる。

それはまるで青い薔薇のようにも見えて、招待客のほう、というため息を誘った。

くるり、くるり、くるり。大輪の青い薔薇の花が舞う。

それが竜王の番姫だと、愛すべき相手だと、誰もが理解した。

美しい少女だ。

顔が見えないのに、それがわかる。

音楽が終わるのが惜しいリオンの、そして招待客の意を汲んでワルツは三度繰り返された。

踊りつかれるまで踊ったけれど、リオンはとても楽しかった。

「ラキスと踊るのは楽しいわ」

「そうかい？　私はリオンとしか踊ったことがないのだけれど、たしかに楽しいと思う」

「家庭教師の先生――女性なのだけれど、先生との練習しかなくて。わたくしはあまり上手ではなかったから」

「リオン」

ラキスディートは、リオンを横抱きにした。

周囲から黄色い声があがる。

「リオンが踊るのはこれまでもこれからも、私だけだ。そんな人間の言葉、気にする必要はない」

「……ええ、ラキス。……ありがとう」

ラキスディートがリオンを伴って玉座に行く。

ファーストダンスが終わったのだ。

これから、いよいよパーティーの始まりである。

はっと我に返った招待客から喝采があがる。

なぜならこのひと時で、竜王国がこの先いかに繁栄するか、わかったからである。


パーティーが始まって数刻。

結婚祝いの挨拶を受けているうちに、リオンは自分が汗をかいていることに気が付いた。

パーティーという人込みの中だ。

そうなることはしかたないが、もしかすると化粧が少し落ちているかもしれない。

ラキスディートと結ばれてから、リオンは自分の身だしなみ——もちろん、清潔であるという意味だけではなく——に気を付けるようになった。

それはかいがいしくリオンの身なりを整えてくれるエリーゼベアトやカイナルーン、そしてあまたの召使たちのおかげでもある。

ともかくも、そういうわけで、リオンは自分の身なりが気になってきた。

ラキスディートはとても素敵なひとで、大変な美丈夫だ。

そんなひとの隣に立つのに、たとえ顔の上半分を隠しているといってもできる限り綺麗でいたいのが乙女心というものだろう。

パーティーという人の目がある場所だからこそ、リオンはいつもはしない、あるいはエリーゼベアトたちが普段それとなく行ってくれる「化粧を直す」ということを意識した。

リオンはラキスディートを見上げた。

ラキスディートは各国の賓客の対応に追われていて、忙しそうだ。

幸い、化粧室はこの大広間のすぐそばにある。

召使たちもいるはずだし、もしかするとエリーゼベアトやカイナルーンを呼んできてくれるかもしれない。

そう思い、リオンはラキスディートのそばを静かに離れた。

すぐに戻ってくるつもりだったし、化粧を整えてくる、という言葉を恋した相手に言いたくない気持ちもあった。

すでにラキスディートとリオンは一線を越えた仲であるが、それはそれ、これはこれである。

普段ならば非常に目を惹くヴェールを被ったリオンの存在は、華やかなドレスが集う場所では比較的目立つことはない。

もちろん、目元を隠していたとしても人目を惹くリオンの美しい姿は健在だ。

ただそう、ただ、どうしてか、リオンという存在がぼんやりしたかのように、誰に見とがめられることもなくリオンは大広間の扉をくぐった。

もしもリオンがこの時、ラキスディートに「大広間を離れる」と伝えていたら、ラキスディートはだれか竜の女性を伴わせただろうし、ラキスディートがリオンに「最近竜の様子がおかしい」と伝えていたら、リオンもこのような軽率な行動はしなかっただろう。

可能性というパズルに悪いピースがはまってしまった、というほかはなかった。

「あら……？」

リオンが大広間の外に出ると、そこには誰もいなかった。

と同時に、大広間の中であれだけ響いていた人の声が、たった一枚扉を隔てただけの廊下には一切なかった。

かつ、こつ、というリオンの靴の音が響くばかりで、その時になってようやくおかしいと気が付いた。

「どうしたのかしら、みんな、どこに」

リオンが周囲を見渡すと見知った姿があった。

カイナルーン。快活でまめまめしく働いてくれる、笑顔の愛らしい竜の女性――しかしカイナルーンの笑顔は今はなく、床に倒れこんでぼうっとした様子だった。カイナルーンは腕の中に小さな子供を抱いている。子供の意識はないようで、リオンはその子供に見覚えがあった。

「ジャック……？　カイナルーン……？　ふたりともどうしたの」

子供は孤児院から招待した子どもの一人、ジャックだった。

リオンが駆け寄り、廊下にうずくまるカイナルーンごとジャックを揺り動かす。

ジャックは反応を返さない。頭の後ろにかすかに血がついている。

リオンはぞっとしたが呼吸は正常だった。それにほっとする。

カイナルーンの海色の目は今はすりガラスのようにぼやけ、どこか遠くを見ているようだ。

リオンはそのおかしさにも息を呑んだ。

よくよく見ると、カイナルーンの唇がぼそぼそと何かつぶやいている。

「カイナルーン、何、どうしたの？　何があったの……？」

「……ン、さま」

「なに……？」

「伝えなくて、は……へいか、に」

リオンがカイナルーンの手を握る。握り返さない手はひどく冷たい。

「リオンさま、が、きけん、だと、おつたえせねば……」

「……え？」

リオンが思わず声を発した、その時だった。

「リオン・ロッテンメイヤー」

しわがれた声がかつての家名を伴って、リオンの名を呼ぶ。

はっと振り返ろうとして、しかしその動きは口元にあてられた湿った布で妨げられた。

意識が落ちていく——寸前、リオンがその青い瞳に映したのは、ラキスディートのそれよりわずかに色濃いパサついた白金の髪。

意識が刈り取られる寸前、リオンは震える幼い少女の声を聞いた気がした。

◆　◆　◆

ふと顔を上げたラキスディートは気付いた。

リオンの気配が薄い。

体調不良の竜が多い中でのパーティーだが、まさかラキスディートにもその兆候があるのだろうか。

番の——リオンの気配、リオンの匂い。そういうものが薄くなるまで気付かないなど、ラキスディートにとって異常なことだった。

「申し訳ないが少し席を外す……イクスフリード、あとは頼む」

「おう、わかった」

近くで赤ブドウ酒を飲んでいたイクスフリードを呼び止め、祝いの挨拶に来ている者たちへの対応を頼む。

イクスフリードが不思議そうにしている様子を見るに、リオンの気配に慣れているはずのイクスフリードも異常に気付いていないようだった。

そういえば、いつもリオンについているエリーゼベアトやカイナルーンの気配もない。

いいや、あるにはあるがリオン以上に薄い。

ラキスディートは嫌な予感を覚えた。心臓が早鐘を打つ。

会場を騒がせぬように自分への認識をくらませる魔法をかけたが、その魔法を行使する際の魔法力の流れにもひっかかりがある。

少し早足で移動しつつ広間の扉を開け——そして、そこに充満する魔石の気配に目を見開いた。

息をするのに苦労するほど濃密な魔石の力——これは一粒や二粒を壊した程度の力ではない。

足が重い。ラキスディートの力があればこそ普段通りに動けるが、並みの竜ならすぐに魔力酔いを引き起こすだろう。

これ以上魔石の影響が広まらないよう、大広間に結界を張って歩を進める。

——と、そこにあった見知った姿に、ラキスディートは息を呑んだ。

「カイナルーン！」

年若い、宰相イクスフリードの娘竜。彼女が少年を守るように抱いている。その脇で小さな少女がカイナルーンを必死に揺り動かしていた。

彼女の名はたしかフィー、リオンが世話をしていたアルトゥール王国の孤児院の少女だ。

彼女は結婚式に招待した子供の一人で、よく見るとカイナルーンが抱いているのも孤児院の少年——たしか、ジャックと言ったはずだ——だった。

ラキスディートはカイナルーンの傍で膝をついた。イクスフリードが溺愛する彼女はけして魔力が弱いわけではない。

抱き上げたその様子は重度の魔石酔いの症状を示している。ジャックは何者かに昏倒させられたのだろう、殴られた跡が頭の後ろにあった。だが、ついている血は少年のものではない。カイナルーンが反撃か抵抗かしたらしい。

魔力酔い……まさか。ラキスディートは奥歯をぎり、と噛み締めた。ここ数日の間、竜王国の王城を騒がせていた体調不良の竜たち、その原因に思い至って、ラキスディートは少年を守ろうとしたとわかった。魔力酔いに陥る前に少年を守ろうとしたとわかった。

——気付かなかった。それは王として許されることではない。

何よりも大切な番を守る雄として、言葉にしていいはずはなかった。

ラキスディートが眉間に皺をよせると、カイナルーンのそばでうずくまっていた少女フィーがこちらを見つめているのに気付いた。

「君は……フィー、だったか？　どうして君とジャックはここに？　何があったんだ？」

ラキスディートの言葉にフィーの目が潤む。

フィーは引っ込み思案な子供だとリオンから聞いていた。

ラキスディートがしゃがんでフィーの言葉を待つと、フィーはカイナルーンの服の裾を掴んだましゃくりあげた。

「お願い、リオンさまを、助けて……」

「リオンを？　リオンに何かあったのか？」

今にも叫びだしそうなのを抑え、ラキスディートはフィーに問いかけた。

フィーが頷く。

「リオンさま、男の人に連れていかれちゃったの……！」

「男の人……？」

ラキスディートの声が硬くなる。

ラキスディートが感知できないことが城内で起こった……それだけでも異常なのに、番であるリオンが連れていかれた、つまり攫われたことを察知できなかった。ことは重大だった。フィーは泣きじゃくりながら続ける。

「フィー、迷子になって……カイナルーンお姉ちゃんが迎えに来てくれて……そこでカルお兄ちゃんとレーナお姉ちゃんの声がしたの。ジャック、フィー、逃げてって。ジャックが走っていって、カイナルーンお姉ちゃんがそれを追いかけて……。フィーは動けなくて……でも、リオンさまの声がしたから……それで……」

「そうか、わかった。……ありがとう、教えてくれて。君が無事でよかった」

フィーの言葉から察するに、何者かが孤児院の子供たち、カル、レーナを害し、それを知って助けに行ったカイナルーンもまた、強い魔力酔いで動けなくなったのだろう。

怯えて動かなかったフィーだけが無事だったのは、その男がフィーに気付かなかったから。

「どんな男だったか、覚えているかい？」

ラキスディートが尋ねると、フィーはこくりと頷いた。

「白っぽい、金髪の男の人……」

「……そうか。ありがとう、フィー」

ラキスディートはイクスフリードに念話を飛ばした。

ラキスディートの結界を貫通し、イクスフリードにだけ届く念話はそのひとつの魔法だけでラキスディートの魔力を普段以上に持っていった。

ラキスディートにも魔力酔いの症状が出ているようだ。時間をかけていられない。

今すぐ大元の魔石を破滅せねばならない。

何より、今すぐにリオンを見つけなければ。

幸いまだ気配はたどれる。

しかし正確には把握できない。それほどの魔石がここにある。

つまり――それほど大量の魔石を投じてでも、竜に危害を加えたい者がいるのだ。

……違う。

説明できない違和感がラキスディートの腹にうずまく。

この予感は、勘だ。

しかしラキスディートにはわかった。番だからだろうか。

いいや、おそらく違う。

だが間違いなく、この魔石を用意した相手は竜という種族ではなく――ラキスディートに――否、その番(つがい)である、リオンに、ひどく重い感情を抱いている。

そう、そうだ。

目的は竜でもラキスディートでもない。

標的にされているのは、リオンだ。

念話がつながる。

「どうした、ラキス、急に結界を張ったりして……それに念話まで……」

「イクスフリード。今すぐ戦える竜を集めろ。魔石に耐性のある者がいい」

「……何か、あったのか」

イクスフリードの訝(いぶか)しげな声が届く。

ラキスディートは静かに言った。

「カイナルーンと孤児院の子供たちが倒れている。子供が二人行方不明だ。カイナルーンには魔石酔いの症状が出ている」

「――、詳しく頼む」

イクスフリードが息を呑む。

その声が低くなったのは、気のせいではないだろう。

「誰かが城に魔石を持ち込んでいる。それも大量に。城の竜の体調不良はそれが原因だろう。カイナルーンもそうだ。重度の魔力酔いになっている。そしてパーティーでリオンについた二人の召使の中で、カイナルーンだけがここにいるということは、わかるな？」

「……エリーゼベアトと番さまは、どこにいる？」

ラキスディートは黙した。それが答えだった。

イクスフリードが舌打ちをする。

「今すぐ竜を集める。医療班も。だがすぐにパーティーを解散させるわけにはいかない。こちらが動いていることが犯人にばれれば、番さまが危ない」

「わかっている。……私は今から気配をたどってリオンを捜す。あとは任せたぞ、イクスフリード」

「——は。竜王陛下」

イクスフリードがそう言って念話を切った。

会場のざわめきが少し色を変える。

おそらくイクスフリードの魔法だろう。

魔眼を使うには雑念が多すぎて、イクスフリードの力は十全に使えない。

くい、とラキスディートの服の裾を引く感触がする。

見下ろすと、フィーがラキスディートを見上げていた。

「みんなは……リオンさまは、助かるよね……？」

「……ああ。大丈夫だ。かならず助ける」

ラキスディートはフィーの頭を優しくなでる。

ほっとしたように、フィーはその場に座り込む。

そうして、すぐさまやってきた医療班にカイナルーン、ジャック、フィーを託し、ラキスディートはリオンの気配のする方向へ走り出した。

城が広いことを、これほど恨んだことはなかった。

――無事でいてくれ、リオン。

愛しい（いとしい）だけの存在――星屑（ほしくず）の瞳が、焦る思考の中でゆらりと揺れた。

第四章

ラキスディートの喉（のど）がぐりゅりと鳴る。

吐き気を催すほどの濃密な魔力で頭が痛くなるが、それでもラキスディートは足を進めた。

一刻も早くリオンの姿を目にしなければ――無事を確認しなければおかしくなってしまう。

耐えがたい感情がラキスディートの焦燥感を煽（あお）る。

魔力に酔い、方向感覚すら怪しくなる中でまともに立っていられるのはラキスディートの魔力が強いからだろうか。

ラキスディートは懐に忍ばせた、リオンの刺繍（ししゅう）布――ハンカチをぎゅっと握りしめた。

リオンが授けてくれたまじないを込めたハンカチ。

本当に力があるかのように、ラキスディートを落ち着かせてくれる。

城の中、回廊を幾度も曲がり、リオンの気配の濃い部分をたどっていく。

リオンの香り――リオンの気配をたどって着いたのは大広間のそばに作らせた庭園だった。客間として用意させた部屋から見下ろせる場所。

そこからリオンの気配がする。

人の視線が今も苦手なリオンをそこに連れ出したということだろうか、悪趣味な……

ラキスディートは背から翼を出した。

翼をはためかせ、一帯に充満する魔力を払う。

ラキスディートの白金（はくきん）の髪がふわりと風に舞い上がり——まるでもやが晴れるように視界が開けた。

はたして。そこにリオンはいなかった。

いや、いたのかもしれない、光景があった。

リオンのかわりにびりびりに破かれて打ち捨てられていたのは、リオンが先ほどまでつけていたヴェールだった。

ラキスディートは息を呑んだ。

胸を押さえて今にも咆哮（ほうこう）し、あたり一面を燃やし尽くし、焦土（しょうど）にしてしまいたい衝動に耐える。

大丈夫だ。

リオンはまだ生きている。

竜の、番（つがい）を認識する本能が、己（おのれ）の番（つがい）は——リオンはまだこの世界に存在する、と告げていた。

魔力酔いなどではごまかせない、確固たる番（つがい）への執着心。

かつてリオンに出会う前は面倒だとも思ったそれは、今この時に何よりラキスディートの正気を保たせていた。

「は、は……リオン、は……？」

息を整え、ようやっと出したかすれ声。

それに返事をする者などいないと思っていた。

そう、今までは。

「お姉さまならいないわ」

ふわりと。

そう、ふわりと、重力などないようにフリルだらけのドレスを揺らし、軽い足取りで青薔薇(ばら)の生垣の陰(かげ)から顔を出したのは、もう二度と見ることはないと思っていた人間だった。

ヒルデガルド・ロッテンメイヤー。

リオンの血のつながらない妹——リオンを衰弱するまで追い詰めた人間。

ラキスディートの翼が瞬発的な怒りによってぶわりと膨らむ。

炯々(けいけい)と輝く黄金の瞳——それを見てヒルデガルドはにぃ、と笑った。

表情などわからないほど濃く粉をはたき、紅を塗っているのに、その醜悪な笑みだけはよくわかる。

ラキスディートは怒りに任せて口を開いた。

「お前は——ヒルデガルド・ロッテンメイヤー……リオンを、どこに隠した」

「……」

「我が番――私の唯一――愛しいリオンをどこへやった――！」

「……」

ラキスディートが吼える。

常人なら声の余波だけで失神してもおかしくない、怒りと魔力を乗せたラキスディートの言の葉。

しかし、ヒルデガルドはその言葉に動じた様子を見せなかった。

腕を組み、まるでダンスでも踊るかのような足取りで薔薇の生垣を振り返ると、そこへ腰を下ろした。

ラキスディートは瞠目した。

ヒルデガルドがいくら分厚いドレスを着ていたとして、棘だらけの薔薇の生垣に座ればドレスに穴が開いてしまうだろう。

それに人間があんなふうに――体そのものが軽いように動けるものだろうか。

――まさか。

はっと気付いてラキスディートが振り返るのと、背後から声が聞こえたのは同時だった。

「今幻覚だって気付いたの？　竜王ってお馬鹿さんなのね。それともあたしが集めて来た魔石がすごいのかしら」

じゃら、じゃら。そんな、石同士のこすれあう音が響く。

化粧などしていない顔の容貌がよく見えた。

肌ははげ、ところどころ肉が見えたまま修復されている。

いっそ病的ともいえる白い肌とその顔中、いいや、腕に、首に、見えるところすべてに広がる、無理矢理皮膚をはがしたような跡がアンバランスで異形じみていた。

それは自分の魔法の結果だった。

間違いなく、この女は、ヒルデガルド・ロッテンメイヤーだ。

吹き飛ばしたはずなのに、すぐにこれほどの濃度で充満したのは彼女が魔石を大量に持っていたからだ。

ヒルデガルドは、ラキスディートの攻撃をかわすために幻影を作ったのだ。

その周到さに、ラキスディートは眉根を寄せる。

リオンを攫（さら）った犯人がこの女なら、リオンが危ない。

それどころか、危ない以上のことがおこりうる。最悪の事態だけは避けなければならない。

ラキスディートはその手に魔力を込めた。魔力酔いの中でも正気を保てている。さらに魔法が扱えるのは奇跡に近かったけれど、今はそれをありがたがっている場合ではなかった。

ラキスディートは静かにヒルデガルドに近づいた。

リオンの居場所を早く吐かせねばならない。

「あら、そんな顔をしなくても、お姉さまの居場所ならすぐに教えて差し上げるわ」

「あの世、とでも言うつもりか？」

「あはは！　そう、そうね。もう少ししたらそう言ってもよかったかも！」

ヒルデガルドはぼろぼろの顔で笑って見せた。

引きつった皮膚が痛々しい。

だが、ヒルデガルドはまったく気にしていないらしかった。

いや、それ以上の妄執（もうしゅう）に憑（と）りつかれている、というべきか。

ヒルデガルドの肌はひどい状態で、髪もところどころ抜けてなくなっている。まるで壊れた人形だ。それだけに、その爛々（らんらん）と輝く青い目だけが目立って見える。狂気的に。

「お前との対話は好まない。さっさと終わらせてくれないか」

「あら、奇遇ね。あたしもあなたのことが嫌いよ」

大嫌いよ。重ねてヒルデガルドが言う。その顔は笑みに満ちたままだ。

「どうしてそうリオンに執着する」

「執着？　そう。そういう風に見えるの……。あたしは、お義姉（ねえ）さまに幸せになってほしくないだけよ」

言いながらヒルデガルドが魔石をひとつ、指ではじいてラキスディートに投げた。

ラキスディートが羽の一枚を抜き取り、ヒュンと投げつけて粉砕するとその魔石は小さな――といっても、人間なら足の一本を失ってもおかしくない爆発を起こして消えた。

だがそれがラキスディートを直撃したとしても、彼が怪我をすることはない。

この程度の威力ならラキスディートには傷一つつけることはできないだろう。

しかし、人間は別だ。

下手をすると命を落とす威力で魔石を使うなど、牽制のつもりなら正気の沙汰ではない。

ラキスディートはバサ……と翼をはためかせた。

心に一本、ぴんと糸を張って警戒する。

ヒルデガルドはラキスディートのそんな様子にまた声をあげて笑った。

「ははは、あははは‼　怖いの？　人間の小娘一人が。竜王のくせに！」

「挑発のつもりか」

「どういうことぉ？」

「……本気でそう思うのだな」

挑発ではない。

それなら答えは明白で、ヒルデガルドは本当にラキスディートを愚かしく思ったのだろう。

ラキスディートは気付いていた。

ヒルデガルドが、リオンよりラキスディートの方を憎悪していると。

そして、その理由にも――

「ヒルデガルド、お前は」

「ふふ、ふふふ、お姉さまは無事、無事よ。そう、今はね」

「……今は？」

ラキスディートの言葉を遮ってヒルデガルドが言う。

その中にひとつ聞き逃せないことがあって、ラキスディートはその言葉を繰り返した。

「シャルル、って覚えてる？　リオンの初恋の相手」

リオンの初恋は自分だ。

ラキスディートはヒルデガルドの言葉を心の中で打ち消した。

ここで動揺してはいけない。相手の思うつぼだ。

「今、連れてきてるの。シャルルにお義姉（ねえ）さまを攫（さら）わせたわ。銀のナイフを一振り、渡してね」

「な……」

「わかってる？　ああ、わかったのね！　そう、そうよ、その顔が見たかったの！　あたしの気持ちひとつで、シャルルは魔石から指示を受け取るの。お義姉（ねえ）さまを殺せって！　ふふ！　ふふふふ！」

ヒルデガルドが笑う、嗤う……

ラキスディートをこれでやりこめたと思っているのだろう。

事実、そうだ。

ラキスディートだけなら何の問題もない。

ヒルデガルドを拘束し、無力化するなんてわけもなくできる。

しかし、今はリオンが人質に取られている。

竜王の力は強大だ。

しかしそれでも――リオンというたった一人の番を守るために、何もできない。

今のラキスディートは無力だった。

「あはは、ふふ、うふふ！　そういう顔！　その顔よ！　自分なら大丈夫、と思っていたのに、何もできなくなる顔！　何もできないで、お義姉さまが死ぬのを待っていなきゃいけないのよ！」

ヒルデガルドはそう言って魔石をもうひとつ、投げた。

ラキスディートは今度はよけなかった。

はじけた魔石が爆発を起こし、ラキスディートの美しく白いおもてに煤を塗り付ける。

ヒルデガルドは子供のように笑った。

何がおかしいのか、手を叩いて笑う。

「それにしても変ねえ。普通、何度も爆発を起こせば人が来そうなものだけれど。ねえあなた、何かした？」

「……」

ラキスディートは何も言えなかった。

ここで結界のことをばらし、壊されたら招待客に被害が出るかもしれない。

ヒルデガルドなら結界の中の人間に危害を加えることをためらわないだろう。

そうなれば、リオンが無事に帰ってきたとしても悲しませてしまう。

「ちょっと、何か言いなさいよ！」

ヒルデガルドが魔石を投げる。

ひとつ、ふたつ、みっつ——それだけあればラキスディートの羽の一枚に傷がつくかもしれない。

ラキスディートは目を閉じ、迫りくる衝撃を拡散させないよう息を止めた。

——その時。

ラキスディートの胸元が輝き、ヒルデガルドが投げつけた魔石をはじいた。

何の魔法も発動させぬまま地面に転がる。転がった魔石はただの石くれになっていた。

「な……」

ヒルデガルドが驚愕(きょうがく)に目を見開く。彼女の表情が初めて崩れた。

ラキスディートは胸元からはらりと舞ったものを落とさぬようにつかむ。

白く輝くそれは間違いなく、リオンが古語でまじないを施してくれた、刺繍(ししゅう)入りのハンカチ。

「そ、れ、お義姉(ねえ)さまの……？」

リオンの手によるものだと気付いたのだろう。

当然かもしれない。リオンの刺繍(ししゅう)を一番よく見て、自分のものとして売っていたのは、ヒルデガルドだったから。

ラキスディートは、ヒルデガルドの目を真っ向から見返した。

「ああ、リオンが、私のために作ってくれた、まじないの入ったハンカチだ」

燃え盛る黄金のまなざしと、苛烈な青い視線が交錯する。

ヒルデガルドは呆然とラキスディートを見ていた。

しかし――はっと我に返ったように、呪文のような言葉をこぼし始めた。

「どうして、どうして、どうして、どうして!! お義姉さまはあたしにはそんなの作ってくれなかった! 奪っても奪っても、あたしのものじゃないものばっかり! それが、まじないまで入れた、ハンカチですって!? どうして、どうしてよ!!」

ヒルデガルドがラキスディートに視線を戻す。

瞳孔が開ききり、およそ正気の光を宿してなかった。

「あんたのせいね……？」

「……」

「あんたがいるから! お義姉さまはあたしになんにもくれなかった!!」

ラキスディートは目を細めた。

なるほど、と思ったからだ。

つまり、ヒルデガルドは――……

ヒルデガルドが、両手に持った魔石を――おそらくありったけの――ラキスディートに投げつけた。

ぱん、ぱん、と音がして、すべてが無力な石ころに変わる。

「あ、あああああ!!」

ヒルデガルドの、悲鳴のようながなり声が響き渡る。

「あんたさえ――いなければ――!!」

ヒルデガルドがラキスディートにつかみかかろうとした刹那、ラキスディート達の頭上、エメラルドグリーンの光――まるで星のような輝きが夜空一面を覆いつくした。

◆　◆　◆

深い、深い、深い海の底にいる心地だった。

そこには空の光が届かず、リオンの手足もうまく動かせない。

空がなければ星屑は輝けない。

そんな当たり前のことを思いだした。

意識が浮上する。揺さぶられるように無理矢理覚醒させられる。

リオンは、あぶくを吐き出すようにして目を覚ます。

息がひどくしづらい。

薬を飲んだあとのような倦怠感があって、リオンはぎゅっとおなかを押さえた。

指一本動かしがたい。とても、とても眠い。

けれど、気を失う前に見た光景を思い出して、リオンはぐっと奥歯に力を入れた。

今起きなければ、大切な——とても大切なものを失うと、わかっていたから。

目を覚ました場所は、竜王国に友好的な国の貴族夫妻にあてがわれた部屋だった。

リストを見て確認したから知っている。

リオンはその床に敷かれたふかふかの絨毯の上に転がされているらしい。

どこかの夫婦の部屋——

ただ、同じような夫婦は幾組もいたから、具体的にどの夫婦かはわからなかった。

覚えているのは、この一連の部屋はすべて、城の庭園に面しているということ。

だるくてうまく動かせない体に鞭打って、リオンは床に手をついて起き上がる。

状況を理解しようとして——眉根を寄せ、苦しげに息をついて、まるで酩酊したように起き上がろうとしては倒れるエリーゼベアトの姿が映った。

「エリィ！」

リオン付きの召使の中でカイナルーンが倒れていて、なぜエリーゼベアトがいなかったのか。

その答えは明白だ。

エリーゼベアトは動けない状況にあるのだ——そう、今のように。

リオンが這いずってエリーゼベアトのもとへ行く。

エリーゼベアトは意識はあるらしかった。

「リオン、お姉さま……」

焦点の合わぬ視線で、それでもリオンを守ろうとする姿にリオンは胸が苦しくなる。

「どうしたの、エリィ、何があったの」

「おに、げ、ください……」

かは、とエリーゼベアトが息を吐く。その様子は苦しそうだ。

介抱しようとエリーゼベアトの背に手を差し入れた、その時。

リオンの腕を何かざらざらとした、棒きれのようなものが掴んだ。

「ひ……」

「あ、ァ。やっと起きたのか、リオン・ロッテンメイヤー」

しゃがれた声。

はっと振り返ると、痩せこけ、目は膿で固まり、肌がむごたらしく剥がれた――そして、それをおしろいで隠そうとして隠しきれていない――青年だろうか――男がそこにいる。

かろうじて髪は生えており、リオンはその髪の色に覚えがあった。

何よりロッテンメイヤーと、リオンをかつての名前で呼ぶひとは数えるほどしかいない。

声も、目も、顔つきも、何ひとつ記憶と合致するものはないのに、リオンにはそのひとの正体がわかった。

かつてリオンをいわれのない罪で断罪したその人の末路を知らない。

ラキスディートはリオンに話さなかった。

リオンはなんとなく察しているつもりでいた。けして無事ではないとわかっていた。

ああ、けれど。

今リオンの星屑（ほしくず）の目に映るそのひとの姿は、あまりにも痛ましかった。

「シャルル・ヴィラール殿下……」

リオンの声が、エリーゼベアトの息遣いが響く部屋にしいんと沁みる。

白金（はくきん）の髪は艶を失い、顔を隠すためのおしろいで煤（すす）けて見えた。

その言葉に、シャルルはいたるところの皮膚がはがれて引きつった顔を笑みの形にしてリオンを見おろした。

「まだ僕を殿下と呼ぶのか。リオン・ロッテンメイヤー」

「あなたこそ、わたくしをまだロッテンメイヤーと呼ぶのですね」

刺激してはいけない。怖がってもいけない。

リオンは、シャルル・ヴィラールという人間にはまだ理性があると思った。

そうでなければ、きっとリオンはこの部屋にただ転がされていただけではすまなかっただろうから。

「はは。僕たちはまったく違う道を歩いたようだね。君は竜王の番（つがい）となって、僕はこんな風に――

ははは。ヒルダにはきちんとした姿をしている、と言われたんだけど。こんな風に、化けものみたいな見た目になって、泥水と残飯を啜って生き永らえている」

「……」

「憐れまないんだね」

「あなたを憐れだと思う頃は過ぎましたわ……シャルルさま。いったい、わたくしたちをこの部屋に閉じ込めて、何をしようというのですか」

ヒルデガルドに騙されて、リオンを断罪したシャルル。

幸せになって――幸せだと自覚できたからこそ、リオンはこの人を憐れんではならないのだと知った。

だって騙されて、浮浪者のような見た目になって――その姿も、目も、異形の者のようにぼろぼろになり果てても、シャルルの瞳には確かにヒルデガルドへの憧憬があった。

そしてきっと、愛している。

リオンは立ち上がった。

距離をとってエリーゼベアトを守りつつシャルルと対峙する。

「あなたがいるということは、ヒルダもいるのでしょう。あなた方の目的は、何なのですか」

「目的を聞くのかい」

リオンの問いかけを面白がるようにシャルルが笑った。顔が動かしにくいのか、ほとんど口元は動かなかったけれど。

ひとしきり笑った後、シャルルはつぶやいた。

「君を殺すこと。それが、僕の目的だよ」

「……そう、ですか」

「冷静だね」

「あなたにそれができるとは思えません。わたくしは竜王の番です。必ず、竜王ラキスディートがわたくしを助けに来ると知っています」

リオンは声が震えないよう目に力を込めた。

前髪越しに見えるシャルルの纏う空気は異様だ。

おかしくなっているように見えるが、冷静で、そのアンバランスさが恐ろしい。

リオンは――リオンは、自分がシャルルを恐ろしく思っていることを知らないように、ぐっと足に力を込めた。今は、会話を引き延ばさなければならない。

少しでも、少しでも、シャルルがリオンを弑そうとするのを先送りにする――そうして、エリーゼベアトを助け、逃げる隙を探すのだ。

「その前に殺せばいいだけだろう。それに、ヒルダの願いを叶えるためなら僕は命を捨てたっていいんだから」

「命を」

「そう、僕のこの矮小な命ひとつでかわいく愛しい僕のヒルダが幸せになるのなら、なんてことない」

それは暴論だった。ただし、本心から言っているとわかる声音だった。

リオンはじっとシャルルを見つめた。

「……ヒルダが望むから命を捨てるというのですか？」

「――うるさい……！　お前に何がわかる」

リオンの言葉にシャルルは激高した。

精神が不安定なのかもしれない。

リオンはエリーゼベアトをちらと見、どうにかしてそちらに行けないかと思考を巡らせた。

けれど、それを遮るようにシャルルがダン！　と足を踏み鳴らした。

「初恋だ、僕の、ただ王太子という地位しか持たなかった僕を見て、何もない僕自身を知って、それでも軽蔑しなかったのはヒルダだけだ。……僕はこんな恋を知らない！」

「それは、ヒルダがあなたを利用しようとしていただけではないのですか」

「ヒルダの愛するものを知らない口で彼女を語るな！」

「ヒルダの、愛するもの……？」

リオンが聞き返すとシャルルがそうだ、と首肯する。

「恋に溺れているだけだとしてもかまわない。僕を肥料にして泥の上に咲く花がヒルダならそれでいい。僕はお前を殺してヒルダを愛していると証明する」

シャルルの声音に熱がこもる。

近づいてくるシャルルから後ずさって、リオンは奥歯を噛んだ。

嫌だ、殺されたくない。……同時に、シャルルに人を殺させてはいけない、と思った。

彼も、きっとヒルデガルドの被害者なのだと感じたから。

「命を奪って証明するものは、自分の罪の大きさだけだわ」

「うるさい、うるさい、うるさい！　リオン・ロッテンメイヤー、報われる想いしか知らないお前には、この献身を理解できない！　竜王を愛し、愛されるお前には……！」

――理解できない、ですって？

リオンは一瞬、理解できないなんてそんなことはない、と思った。

それはリオンの誠実な心根が思わせたことだった。

けれど次に、たしかに理解できないのは当然の話だと思った。

理解できない、愛のために誰かを害するなんて理解してはいけない。

……でも。

「……たしかにあなたとわたくしは違う、わたくしは、けしてあなたを理解できないでしょう」

「なら……」

「でもきっと、あなたはわたくしとよく似ている……。報われない想いはわかります。どれほどお義母さまに、お義父さまに愛されようとしても、ヒルダと仲良くなりたくても、そうできなかった気持ちは……だから、あなたは」

「――はは、全然わかっていないんだな」

「……」

「お前の想いは仲良くしたい程度のものだ。僕は違う。すべて捧げていいと思っている。……わかっていたさ、ヒルダが僕に食べさせているものが残飯だと。寝床も粗末なものだと理解していた。彼女が僕を体のいい駒にしているのだって僕はちゃあんとわかっている」

シャルルは吐き出すように言った。

「僕はヒルダを愛している。この想いを、お前が否定することは許さない」

「……いいえ、わたくしはその愛を否定します。それを肯定すれば、わたくしをあたたかな想い、行動で愛してくれるラキスを否定することになるから。……わたくしを救ってくださった、わたくしのラキスの愛を汚すことになるから」

わかる、わかっている。あれも愛のかたち。

でも、それを肯定することだけはしてはいけない。

誰かを傷付けて成就させようとする愛は、本当の愛じゃない。ラキスディートの包み込むやさしさと愛情を受けているからわかる。

歪んだ愛情を、愛しているという言葉に乗せられて認めたくなかった。

「……はは、平行線じゃないか」

「……ええ」

「お前は、綺麗だなあ……絶対的な強者に守られて、愛されることを知っている。それだけでこんなに無垢になれる」

「……」

「……お前がヒルダの想いを知っていたら、その無垢さに免じて見逃してやろうと思った。……でも、お前は知らないんだ。かわいそうな、かわいい、ヒルデガルド」

エリーゼベアトの苦し気な息づかいが広がる部屋に、シャルルのその言葉は、いやに響いた。

リオンは小さく息を呑む。

ヒルダ――ヒルデガルド。想い。憎しみも、想いだ。

リオンの血のつながらない妹は、ずっとリオンを目の敵にしてきた。

リオンを殺したいほど嫌いだったのならそれも当然なのかもしれない、と一瞬思った。

「憎まれていることは知っています」

「憎しみ？　本当にそう思っているんだな」

憎しみではない。きっと、それは正解じゃない。

リオンには理解できていた。けれどその考えを、肯定したくなかった。

「あれが愛情の裏返しなのだと言われたって、わたくしは、それを受け入れることはできません」

できない。そう、けして、受け入れられない。

リオンはヒルデガルドが大切だった。妹だと思っていた。はねのけられても、振り払われても、その手を取るべきだと思っていた。

……でも、違う。ラキスディートにこの手を取ってもらった今だから、思う。

愛しているなら、本当に相手を想っているなら、傷つけて愉しむことだけは、してはならないのだ。

リオンはそう信じている。

シャルルが一瞬虚を突かれた顔をして、しかしふっと笑う。

「そうか、今さらか」

「はい」

今さらだ、本当に今さら。

リオンはいつかヒルデガルドと仲良くできたら、と思っていた過去の自分が、今の、シャルルの言葉で完全にいなくなってしまったと思った。

目を閉じて、すう、と息を吸って吐く。

そうして、荒れ狂う感情が収まってから、リオンは静かに目を開けた。

星屑（ほしくず）の目が、長い髪の隙間からゆらりと姿を現す。自分を守ってくれるヴェールはない。

リオンはゆるゆるとかぶりを振って自らの目をさらした。

足ががくがくと震えそうになるけれど、それを意思の力で抑えつける。

リオンは無意識に腹を押さえた。

勇気を出すためだったのかもしれない。

シャルルはおや、という顔をしてリオンの顔をまじまじと見た。

「リオン・ロッテンメイヤー。君はそんな顔をしていたんだね。目は青色。隠すほどのものとは思えないが」

「ヒルダや義理の両親に言われて隠していました。呪いのようなものだったのかもしれません」

「そうか……それも、ヒルダが」

シャルルはどこか遠くを見るようなまなざしでリオンを見た。

その声に、動揺は見られなかった。

「知っていたのですか？」

「なんとなくそうなんだろうと思っていたよ。ヒルダの君への執心を知っているからね」

「執心」

「おや、それも気付いていなかった？」

シャルルは不思議そうに言った。

リオンの声が硬くなる。

気付いている。いいや、気付いた、というべきか。

けれど、リオンは知らないふりをした。

「――君がかわいそうだからヒントだけ教えてあげよう。ヒルダは君に執着している……僕がどうやっても、その想いの先を僕に向けることはできなかった。そのくらいにね」

「……憎いから？」

「違う。……リオン・ロッテンメイヤー。もっとも、君は信じたくないかもしれないが」

リオンはその場にへたり込んだ。本当に、本当のことなのだわ、と思った。

ヒルデガルドはリオンへの愛ゆえにそうしたのだ、と、思い知らされた気がした。

リオンはずっと、勘違いをしていた。

アルトゥール王国で家庭教師と一緒に馬鹿にされた時、あるいはネックレスを壊された時、あるいはあの婚約破棄の場で。リオンを見つめるまなざしに、うすうすヒルデガルドから感じたものを、勘違いだと思いたかった。

だってそんなわけがなかった。そうあってはいけなかった。

ヒルデガルドはリオンを苦しめて、幸せになってはいけないと何度だって言い聞かせてきた。

それはリオンのトラウマになったと言ってもいい。

それが、憎しみでなく――愛ゆえなのだと言われたって、受け入れられるものではなかった。

ぐ、と喉(のど)に力が入る。おなかが急に痛んでリオンは腹を押さえた。

そうして――そこに、なにかあたたかいものの存在を感じてはっと息を呑んだ。

何かに、鼓舞されているような心地がする。

「まさか……」

「リオン・ロッテンメイヤー、何をしている？」

シャルルはリオンの様子を見て不思議そうな顔をした。

だがすぐに何かに気付いたように、おなかを押さえたままのリオンを見た。

「……まさか、君は」

「……ッ、近寄らないでください！」

リオンは座り込んだまま後ずさった。おなかを押さえ、守るようにうずくまる。

シャルルは一度拳を握り、ややあってハァ、と息をついた。

そして、懐から白銀にきらめくそれを——銀のナイフを取り出し、リオンに近づいてきた。

「……状況が変わった。話している暇はない。ヒルダがショックを受ける前に君をどうにかしないといけない」

「だ、だめ」

「大丈夫、一緒に送ってあげるよ。『竜を殺す』のは骨が折れるだろうけれどね」

シャルルがエリーゼベアトを見やり、微笑む。

ぜえぜえと息をしていたエリーゼベアトから今はその音がしない。

リオンはますますぎゅっと丸まった。

シャルルが迫ってくるのに、リオンには何の力もない。

悲しい、苦しい――悔しい。

リオンにはこの小さな、大切なものを守る力さえないのだ。

でも、けれど、できるなら、この子だけでも。

リオンがそう、強く思った瞬間だった。

ぱあ、と光があふれる。緑に輝くペンダントのあたたかい光――それがまるで盾のようにリオンとシャルルの間に広がった。

これはラキスディートにもらったペンダントだ。

「な、これは――」

「う、ぁあああああ!!」

動揺したシャルルが一瞬動きを止める。

その一瞬の間、エリーゼベアトが叫び――人の姿のまま、すさまじい勢いでシャルルに突進していた。

「が、うっ……!」

「は、は……リオンお姉さま、お逃げ、くださ……」

エリーゼベアトが絞り出すように声を出す。

シャルルを取り押さえたそのわき腹には、深々とシャルルが握っていたナイフが突き刺さっていた。

「エリィ――」

「こんなのなんだってありませんわ。それより、お姉さま、どうか」

言い切る前に、エリーゼベアトが倒れる。

心臓が弾けそうになる。

エリーゼベアトは完全に意識を失ったようだった。

シャルルがエリーゼベアトを見降ろし、その体からナイフを引き抜く。

勢いよく飛び散る血がまるで非現実的でリオンは言葉を失った。

ただはくはくと口を開閉するだけのリオンにシャルルは微笑みかける。

「邪魔が入ったけれどこれで最後だ、リオン・ロッテンメイヤー」

――嫌だ。

そう、強く思う。

胸の光は消えていない。リオンは胸元を探った。

そこに輝いていたのは、ラキスディートの鱗と母のエメラルドでできたネックレスだった。

リオンはぐっと奥歯を噛み締めた。

もう嫌だ。虐げられるのも、大切な人を失うのも。

ぱきん、と音がする。記憶の奥深く。遠い宝物が戻ってくる。

――ラキス。

リオンが家族を失ったあの日。燃える炎の中、死なないで、とわたくしに懇願したあなた。

ああ――そうか、そうだったわね。

「ラキス。あなたは、いつだってわたくしを助けてくれるのね……」

リオンはネックレスを握り締めた。

握った手の中、あたたかい光が指の隙間から漏れ出てくる。

エリーゼベアトたちを無力化したものがある。

カイナルーンを苦しめたものがある。

それがなくならなければ、リオンは誰も救えない。

意識を失い、横たわるエリーゼベアト。リオンの、妹。

血が流れている、早く、早く治療をしないといけないのに、この竜の力を奪っているもののせいでそれができないなら――

リオンは腹に手をやった。そっと撫でて微笑む。

「ごめんなさい、お母さま、少しだけ無茶をするわね……」

リオンは祈った。魔法の力は意志の力。

ならば、リオンにだって魔法が使えるはずだ。

ラキスディートの鱗には多くの魔力がある。

それならば、できる！

「リオン・ロッテンメイヤー！　何をする！」

リオンは祈った。リオンにやさしくしてくれたたくさんの人を救いたい。

風が吹く、空の星がひときわ強く瞬いた。

「助けて、はもう言わない。……力を貸して、ラキス！」

リオンがそう叫んだ瞬間だった。

緑の光が部屋を覆いつくす。

ぱきん、ぱき、がしゃん！　そんな音が遠くで響く。

チェリーブロンドの髪がふわりと広がり、リオンの青い星屑の瞳をさらした。

リオンの放った光が、竜王国に持ち込まれた魔石のすべてを破壊しきった時——リオンを呼ぶ声が、きこえた。

「リオン！」

「ラキス！」

リオンは客室の外に広がる庭園へ身を乗り出すようにして、開け放たれた窓の外を見た。

そこには誰より慕わしく、愛しい白金のひとがいて。

リオンは思わず叫び返した。

自分でも出せるとは思えないほど大きな声。

けれど、まるでその言葉だけは別だとでもいうように、するりとラキスディートの名前があふれる。

リオンの視界が潤んだ。

だって、力を借りたと思っていた。助けて、なんて言わないと告げたけれど、あれはただの強がりだ。足が震える。大切な妹を失う恐ろしさと、自分が死ぬ恐怖。

それから——新しい、宝物を失ってしまうかもしれない絶望に身がすくみ、それでも助けないといけない、なんて必死で。

——それでも、いつだってわたくしを助けてくれるあなたがいるのだわ。

わたくしのあなた、わたくしの夜空——わたくしの、ラキス。

リオンが窓の外に手を伸ばす。

「待て！　リオン・ロッテンメイヤー！　行くな！」

「行っ、て！　お姉、さま……！」

シャルルと今の光で意識を取り戻したらしい、エリーゼベアトの声がする。

背後で羽ばたく音——白銀の、美しい翼。

エリーゼベアトが竜と化し、風を起こしている。

この部屋から逃げるなら、今をおいて他にはない。

リオンがここでシャルルに囚われれば、今度こそエリーゼベアトは抵抗できないだろう。

他の竜――ラキスディートも手出しはできず、結果としてラキスディートを危険にさらす。

リオンは窓枠に手をかけた。

ごう、と吹く風が、リオンのドレスをはためかせる。

「逃げるな、行くな！」

風に逆らうようなシャルルの声がする。

リオンを掴もうとして、エリーゼベアトが起こした風に阻まれている。

リオンは窓枠に足を乗せる。筋力のないリオンの動きはひどくのろまだ。

ぐっと足と手に力を込めて、ついにリオンは窓の外に出た。

「リオン!?」

ラキスディートが驚いたような声を上げる。

けれどリオンの背後に吹く風と、迫るシャルルの腕に気付いたのだろう。

その顔を険しくしてラキスディートは両の手を広げた。

「ラキス――！」

「飛べ、リオン！」

ラキスディートが両手を差し出している。抱き留めると言っているのだ。

ここはけして低い高さではなく、背の高い大木ほどの距離がリオンとラキスディートの間にはあった。

――だけど。
リオンはふ、と息を吐いて、笑顔を浮かべた。
ラキスディートに抱きしめられることに、何の恐怖があるのだろう。
いつか言った言葉を思い出す。
リオンがラキスディートに吐いた、呪いの言の葉。
――わたくしを助けないで、ラキス。
けして言ってはいけなかったそれ。
その呪いがどれだけラキスディートを、そしてリオンを苦しめたか。
でも今ならその言葉を上書きして、ラキスディートに飛び込める。
リオンは変わった。あの時よりずっと自分が好きになった。
「それはきっと、あなたのおかげ」
ラキスディートを取り巻くすべてを愛している。
ラキスディートはリオンを愛してくれて、リオンにすべてを愛させてくれた。
だから、リオンはこう言えるのだ。
「ラキス、わたくしを――抱きしめて……！」
リオンはそう風に乗せて、歌うように口ずさんだ。
こんな状況で、それでも恐怖が嘘のように消えている。

それは、何のことはない。

大好きな人の腕の中に飛び込む、リオンが今からするのはそんな他愛ないことだからだ。

リオンは窓枠を蹴った。

宙に浮かんだ華奢な体。チェリーブロンドの髪が夜空に靡く。

ふわりとドレスを揺らし、瞬くような一瞬の間リオンは空を舞う。

衝撃はほとんどなかった。

白金の髪が揺れて、ふ、と笑って細くなった金の瞳が愛しい。

抱き留められ、愛する人に包まれながらリオンはほろりと涙を流した。

◆　◆　◆

「――リオン！」

ラキスディートは叫ぶ。

今まで感じ取れなかった番の存在――リオンの気配が自分の頭上、客人のために用意された部屋のうちのひとつから放たれたからだ。

ヒルデガルドが投げつけた魔石が力を失い、ただの石くれになったことと、リオンの気配がする場所が輝いたことにはおそらく関係がある。

ラキスディートがリオンに贈ったネックレス、そのエメラルドを修復する際にラキスディートが籠めた魔力が消費されたのを感じてそう考えた。

そして、それは事実なのだろう。

「ラキス！」

客室の窓からリオンが顔を出す。

さらされたリオンの星屑の瞳が強い意志を放ってそこにあった。

「リオン⁉」

落ちる、と思った。

そんな風に身を乗り出すと危ない。すぐに行くから待っていて、と思った。

しかし胸のうち、輝くように残る、魔法の余韻が言うのだ。

リオンの声で、リオンのまなざしで、リオンの顔をして、震えながら言うのだ。

「助けて、とは言わない」と「力を貸して」と。

ならば――ならば、ラキスディートがすべきは――

「ラキス――！」

「飛べ、リオン！」

ラキスディートは吼えた。リオンの背後から風が吹く。

あれはエリーゼベアトのものだ。

ラキスディートはリオンがどれだけ風にあおられたって、必ずこの手に抱くと決めた。

誓いよりもっと強い。そうあるべきだから、そうなるという強い意志。

魔法の強さは意志の強さだ。

この世界はそうなっている。

ラキスディートの声に、リオンがふっと頭上で微笑んだように見えた。

何事かつぶやいて、ラキスディートを見つめている。

その表情が、その星屑(ほしくず)の瞳が緩んで、ラキスディートを愛(いと)しげに見つめたので、ラキスディートは一瞬、この状況が危ないものではないと錯覚しそうになった。

そんなわけがない、そんなわけがない、のだが。

「ラキス、わたくしを——抱きしめて……！」

いつかのリオンの言葉。

ラキスディートを縛った「わたくしを助けないで」という残酷な言(こと)の葉(は)が、リオンの新たな意志のこもった言葉でほどけていく。

炎に巻かれ、泣きながら、死にそうなのに己(おのれ)を救うことを禁じたリオン。

その面影が、今もラキスディートの胸の奥に残る。

抱きしめるよ、リオン。

夜空のための星屑(ほしくず)を抱き留める、そんなこと、ラキス——夜空——にはわけのないことだ。

星屑(ほしくず)があるから夜空は安心して夜に横たわっていられるのだ。

ラキスディートは両の手を広げて構えた。

何があっても、リオンを取りこぼさない。

リオンを抱きしめて、ずっと守り続けたいと思った十年前。

今、それがかなうなら。それはきっと時を超えてたどり着いた、望んだ未来。

ラキスディートとリオン、リオンの両親も、たくさんの竜、リオンを大切に思う者が望んだ未来なのだ。

伸びあがるように手を伸ばす。

リオンが窓枠を蹴って落ちてくる。

ドレスがふわりと広がり、リオンの薄紅色の髪が上向きに靡く。

落ちる、落ちる。落ちてくる――触れた指先がぎゅっと結ばれる。

ラキスディートの白金(はくきん)の髪がリオンのサクラ色を包み込み、混ざり合う。

そして、ラキスディートの両の腕(かいな)がリオンの華奢な体をかき抱いた、その瞬間、ラキスディートはハァッと息をついた。

心臓がばくばくとうるさい。

血液が沸騰(ふっとう)したように熱い。

自分の意志で決めた未来が成った。その時になってラキスディートはようやっと、息ができた。

震えている手が情けない。

ラキスディートはリオンのように強い意志を持たない。

わかっていて、リオンを守れたことがうれしかった。

「リオン……」

「ラキス、ありがとう……」

リオンの顔は蒼白だった。

強い意志を持っているということは、強いということと同義ではない。

こんなに小さく、儚いリオンを守ることができた。

取りこぼさなかったと、その事実がラキスディートの胸を痛いほど締め付けた。

どうしようもなく安堵していて、どうしようもなく過ぎ去った、ありえなかった可能性への恐怖が膨らんだ。

もし、この手がリオンを救えていなければ――

そんなことを考えた時、リオンがささやくように言った。

「わたくし、あなたを信じていた。ラキス、あなたはいつだってわたくしを助けてくれる。わかっていたから、窓から身を投げたの」

「しんじ、て」

リオンの信じる、という言葉は強かった。

そして、ラキスディートに己を信じさせうるものだった。

たまらない気持ちだ。

たまらなく愛しいリオン。こんなに己を強くしてくれる存在がいることを、祈るように感謝した。

「ああ、そうだね、リオン。君は、いつだって、そうだった」

「ええ――」

そうやって笑いあうリオンとラキスディート。

その背後から、どろどろにどろけた、怨嗟に満ちた声が聞こえた。

「あああ――あ、あああ！　幸せになっちゃいけないのに！　お義姉さま！　どうして幸せになろうとするの！」

エメラルド色の光でほんのわずか、気絶していたのか、あるいは体の動きを封じられていたのか。

今の今まで声を出すことのなかったヒルデガルド、リオンの血のつながらない妹。

見ると、その体の前半分はおびただしい血で濡れていて、ああ、とラキスディートは理解した。

ヒルデガルドが持っていた多くの魔石は、彼女の体の前にあるポケットに収納されていたのだろう。

それが一気に無力化されたことで――発動しかけていた数多くの魔石がはじけた瞬間、魔力の粒ではなく石と化したのだ。

飛び散ったそれらの石片によって怪我を負ったヒルデガルドが、血走った眼でこちらを見ていた。

「あ、ああ、どうして！　どうして！　どうして！　あんたのせいよ！　竜王‼」

ヒルデガルドがラキスディートを指さす。

あまりに痛々しい光景に、ラキスディートは眉を顰める。

傍らのリオンのこわばった体から力が抜けた。

抱えなおそうとするラキスディートの手をするりと抜け、リオンはこつん、と靴音を立てヒルデガルドに近寄る。

「リオン」

何をするつもりかと、ラキスディートがリオンを守ろうと一歩、踏み出した時だった。

「――いい加減になさい、ヒルダ！」

ぱちん、と軽い音がする。

ラキスディートは一瞬、それがリオンの発したものだと理解できなかった。

それほど考えられなかった光景で、つまり。

――美しい柳眉を吊り上げたリオンは凛とした姿でヒルダと対峙していた。

リオンに頬を打たれたヒルデガルドは目を瞬かせた。

まるで、リオンの反撃を想像していなかったとでもいうように。

リオンはぐっと奥歯を噛み締めた。これがきっと最後なのだ。

だから、言わなくてはいけない。

怖がって、うずくまって、助けて、と泣くだけの自分でいてはいけないのだ。

リオンはラキスディートの気配を背に感じながら、一歩、ヒルデガルドへと歩を進めた。

「あなたは、わたくしは幸せになってはいけないと言ったわ。ずっとわたくしを苦しめて……」

ヒルデガルドが髪を揺らした。

いいや、肩が揺れている。笑っているのだ、とわかった。

以前なら、恐ろしくて倒れてしまっただろう。

けれど今、リオンはそうしてはいけないのだ。

「わたくしだけならいい。以前ならそう思っていたでしょう。けれど、竜王国の国民を傷付けたあなたを、わたくしは許せないと思った」

――守るべき存在。そういうものがリオンにもできたから。

「それはここにいるラキスやエリィ、カイナルーンも同じ……わたくしが傷つくのをよしとしないひとがいる」

静かな声だった。リオンは自分が今、こんなに冷静に話せていることが不思議だった。心がひどく凪いでいた。

「だから、わたくしはわたくしを傷付けようとするあなたを許してはならないし、わたくしの大切なひとたちを傷付けたあなたを許してはいけないの」

リオンはそっと手を押さえる。

ヒルデガルドをぶったほうの手だった。

痛い。これが、人を傷つけるということ。

「ヒルダ。ヒルデガルド・ロッテンメイヤー……。あなたを妹だと、いつか仲良くできるかしらと思っていたわ。……でも、それを選択できる時期は終わりました」

あえて、硬い口調でリオンは話す。

これがヒルデガルドとの決別だとわかっていたから。

そして、そうしなければいけないから。

「ヒルデガルド。あなたは罰を受けなければならない。わたくしを殺そうとしたシャルル……彼も罰を受けるでしょう。でもあなたは、彼を利用した責任をとらなくてはなりません」

硬い表情に違いない。だってこんなに自分の声が硬い。

仲良くなりたかった。姉妹として笑いあいたかった。

でも、それはもうできない。

願うべきではないこと。

リオンは前髪をするりと横に流した。

長い前髪の中から、星屑(ほしくず)の、青い瞳が現れる。

リオンはその目で、ヒルデガルドをじっと見据えた。

「ヒルデガルド、あなたを、もう、妹だとは思いません。ラキスディート竜王陛下、どうか彼女に相応の罰をお与えください」

リオンはそう言ってラキスディートを振り返った。

頭を下げて、乞う。

けれどラキスディートはどこまでもリオンにやさしかった。

いいや、この国が、この国の人たちみんなが、やさしい。

「リオン、君が頭を下げる必要はない」

そう言って、ラキスディートは眉を下げた。

やさしい、低い声。リオンはこの声が大好きだ。

だけどこの国の国民を傷付けておいて、元とはいえ身内の、しかもこの騒動の原因となった自分がおとがめなしでよいわけはない。

リオンがラキスディートを見上げる。その背後で、突然、笑い声が響いた。

「──ふ、あははは!」

その哄笑の主は、ヒルデガルドだった。

ヒルデガルドはもはや無力で、何もできないはずなのに、それでも楽しそうに笑っている。

くふくふとしたいつもの笑い声ではない。

本当に、本当に、楽しんで笑っている声だ。

「さっきから黙って聞いていれば。馬鹿じゃないの⁉　あたしはあんたを姉だと思ったことなんて一度だってないのよ！　あたしはずっとずうっと！　あんたが嫌いだったんだから！」

「ええ、そうでしょうね」

ヒルデガルドは最大の切り札を出した、といった顔をした。

事実、リオンにそれはよく響いた。苦しかった。

しかし、リオンは表情を崩さなかった。

傷つけられた竜王国の民のことを考えたら、ここで傷ついた表情なんて、とうていできなかった。

「……ッ！　どうして、あんたはあたしをそんな目で見るの！　青い、汚い目！」

「それを言うことは許しません。わたくしの目は星屑（ほしくず）のようだと、わたくしの番（つがい）は言いました」

「許さないですって！　あんたが！　どれだけ偉くなったつもり⁉」

ヒルデガルドが吼えるように言う。

リオンは静かに、静かに言った。

「わたくしは偉くなったつもりはありません。けれど、竜王の番（つがい）……妃として、竜王国の民を傷付けたあなたに怒りを抱いている。だからこう言います」

一度、リオンは目を閉じた。

荒れ狂う感情が、リオンの眦（まなじり）から水の形をとって出てきそうだ。

爆発しそうな感情が収まるのを待って、リオンは目を開けた。

星屑（ほしくず）のまなざしが、ヒルデガルドを射貫く。

「――あなたを許さない、と」

ヒルデガルドは静かにそれを聞いていた、ように見えた。

けれど、次第に肩を揺らし始め――あざけるような目でリオンを見て、けたたましいほどの笑い声をあげた。

「ええ、ええ！　許さなくて結構よ！　処刑でもなんでもしなさい、そのたびにあんたを呪ってあげるから！　何度でも思い出させてあげる、ヒルデガルドがあんたを憎んでるって！」

「……」

リオンは。

リオンは……

「それでも、わたくしはあなたを許さないわ」

リオンは肩を震わせながら、それでもヒルデガルドを見つめた。

前髪越しではない世界は鮮やかだ。

だからこそ、ヒルデガルドの恐ろしさも鮮明だった。

それでも、リオンはここで決着をつけなければ前に進めない。

許さないわ。もう一度、小さく、かすれた声で呟いてリオンは一歩、踏み出し――その肩をラキスディートが包んだ。

「その必要はない」

「ラキス……」

リオンがラキスディートを見上げると、ラキスディートはリオンを安心させるように微笑んだ。

しかし、その顔はすぐに険しくなってヒルデガルドに向き直る。

「連れていけ。魔石はもうすべて砕けたから安全だ」

「は」

ラキスディートが命じると、力を取り戻した竜の兵士たちが集まってくる。

ヒルデガルドは瞬(まばた)きの間に拘束され、両の腕をしかととらえられた。

捕まったヒルデガルド、その向こうにはカイナルーンを大切そうに抱いたイクスフリードの姿がある。

無事だったのだわ、とリオンはほっと息をついた。

「ラキス……」

「リオン、大丈夫だ。君が責任を感じることはないし、君が苦しむ必要もない」

リオンがもう一度ラキスディートを呼ぶ。

ラキスディートはリオンの肩を抱いたまま、リオンをかばうように前に出た。

「許さない、憎む、そういうことはとても大変だ」

ラキスディートが続ける。硬い、けれどどこまでも強い声で。

「やさしい君が、そんなことをする必要はない」

「ラキス、でも」

リオンはかぶりを振った。

だってそんなのはいけない。竜王国にヒルデガルドがやって来たのは、リオンの責任なのだから。

だが、ラキスディートはそんなリオンの悲しい決意を、打ち払うように声を張った。

「竜はね、リオン」

ラキスディートが片手を前に掲げる。

「番の苦しみをすべて奪い去って食べてしまう、高慢な生き物なんだよ」

番が苦しむと竜は苦しい。

だから竜は番を絶対に守るのだ。それは愛しいものを守る、竜の本能。

ラキスディートの手から光があふれる。

まばゆい光はリオンの意識をぼんやりと煙らせた。

「ラキス……？」

リオンの声に、ラキスディートは柔らかな口付けで答えた。

ラキスディートがリオンの額に口付ける。

リオンの意識がぼやけていく。

眠ってはいけないのに、ラキスディートが「もう大丈夫だ」と言うと、どうしようもなく安心する。

リオンは、意識をゆるやかに、眠りの奥に閉じ込めた。

◆　◆　◆

腕の中のリオンが気絶するように眠ってしまった。

無理もない。あれだけの魔石を打ち壊すほどの意志――その負担はどれだけのものだったろう。

眠りに落ちたリオンをそっと抱きなおす。――その瞬間。

リオンがいた場所を、刃のようなものがかすめた。

「……まだ、何か」

「竜王陛下、その方は、幸せになってはいけないのですわ」

ヒルデガルドが、割れたグラスの破片を持って微笑んでいる。

両の腕を掴まれていたはずなのに、どこに隠しもっていたのだろう。

手首だけで投げられたそれは大した威力ではなかったけれど、その行為はラキスディートの怒りを静かに燃やした。

もはやヒルデガルドの策はすべて尽き、肝心のシャルルも捕縛された。

だというのに、余裕ぶって笑うヒルデガルド。

ラキスディートはリオンに振動を与えないよう、ゆっくり振り返る。

ガルドに対峙する。

「……が、アッ！」

瞬間、ヒルデガルドの周りをあまたの竜が取り囲んだ。

ヒルデガルドは無抵抗に前足で取り押さえられ——それでもなお、爛々と輝く瞳をリオンに向けたまま、そらさない。

憎しみともっと深く、おぞましいもので濡れた目。

——ああ、なるほど。

その心中、その憎悪の正体がわかるような気がして、ラキスディートはリオンを己の翼に隠した。

ヒルデガルドの目がその先を追って、まるで中にいるリオンを見ているように炯々と光る。

やはり——やはり、この、ヒルデガルドという女は、人間は。

「みな、そこの女を離せ」

「しかし、陛下！」

「——離せ」

ラキスディートが告げた言葉は、かなえられた。

ラキスディートの手にある光に気付いたのだろう。

赤く、赤く――深紅よりなお赤く、血よりどす黒い赤。

兵士たちがおずおずと手を離して、ヒルデガルドが自由になる。

しかし、這いつくばるヒルデガルドは今も笑ったままだ。

くふ、くふ。

最期の瞬間まで笑っているつもりなのだろう。

リオンの心に残るために。リオンの中に永遠に残り続ける傷跡になるために。

――それを赦すと思ったか。

「幸せになってはいけない。それをお前は、この子に、何度言った」

「数えきれないほど、ええ、ええ！　あの時のお姉さまのお顔、忘れられない！」

ヒルデガルドの背から血が流れている。先ほどおさえつけられた時にできた傷だろう。

けれど――そんなもので赦しはしない。死なせるなどありえない。

ヒルデガルドを見て、今、はっきりとラキスディートは理解した。

この女は――

「ヒルデガルド」

「ええ、なんですの？　竜王陛下。あたしを殺す？　結婚式の直前に？　あはは！　一生の思い出になる素晴らしい式になるでしょうね！　死体の上で踊るのかしら？　あたしを敷物にでもする？」

ヒルデガルドの目が輝く。

そこには歪み切った歓喜があるだけで、死への恐怖などなかった。

だから赦してはいけないのだ。生きながらえることを、死ぬことを。

――この歪な想いが、存在したことを。

「お前を消す」

「ああ、やっぱり？　殺すのね？　あたしを。あたしが死んだあと、結婚式をするなんてお義姉さまは――」

「いいや、殺しはしない」

「……え？」

ヒルデガルドの哄笑が止まった。

その目には戸惑いが揺れて――次の瞬間、ヒルデガルドはさあっと顔を青ざめさせた。

おそらく本能で、もっとも望まない未来を予知したのだろう。

ずりずりと後ろに下がろうとしたところを、天から羽ばたいて降りてきたエリーゼベアトによって捕らえられた。

彼女の目が黄金に輝いている。

ラキスディートのそれも同じに違いない。炯々と輝く濃密な魔力の塊を正面から、背後からぶつけられているのは、矮小な人間の女だった。

ヒルデガルドは、竜の怒りに触れたのだ。

大切なものを害されること――宝を侵されること。

そして何より、宝を――番(つがい)を、奪われること。

それが、竜の逆鱗(げきりん)に触れるということ。

「――ヒルデガルド。この世から、すべての人間の記憶から、消えろ」

ラキスディートの手にともった光は、いつの間にかラキスディートの怒りを映したような黒い炎となって渦巻いている。

竜の、怒り。竜の憎しみだけを煮詰めて生まれた、最悪の魔法――それは、存在そのものを消滅させる呪いだった。

ありとあらゆる記憶から、ヒルデガルドという存在を消す。

産まれたという事実はあるのに、痕跡ごとすべてを、記録も記憶も何もかも燃やし尽くす、怨嗟(えんさ)の集大成、禁忌の呪い。

「ヒルデガルド、リオンの中に、お前が残ることは許さない」

「――ぁ？」

ラキスディートの言葉とともに、ヒルデガルドの体は黒い炎に包まれた。

髪が燃える、服が燃える、皮膚がただれて、腕が木切れのように砕けていく。

竜の目が、冷徹にヒルデガルドを追い詰めた。周囲すべてを覆う竜の目――竜の憎悪。ヒルデガルドはそれに気付いたのだろう。

その時になって、ようやくヒルデガルドの瞳に恐怖の色がともった。

「ぁ、が、あ、ああ！」

ヒルデガルドの喉から、がなるような音が零れ落ちる。炎から必死で逃げ出そうとする、その足はすでに燃え尽きていた。残された手で這いずるヒルデガルドは、ラキスディートが見た中で、最も必死に見えた。

――当たり前だ。

ラキスディートはその炎に一歩、近づいた。

周囲の竜が燃えていくヒルデガルドを睨んでいる。彼女はけして赦されない。

竜は人ではないから、最も重い罰を与えることを当然だと思う。

相手が人間なら許されただろう。殺されたかもしれないが、存在までは奪われはしまい。

けれど、ヒルデガルドは竜の逆鱗に触れたのだ。

ヒルデガルドにとっての最悪は、リオンの中に残れないこと。

リオンを不幸にしたいと、リオンを嫌いだと、そう言って笑った目は、それでもラキスディートの腕が隠したリオンを見つめている。

「ヒルデガルド、お前は間違えた」

「りゅう、を、あいでに、しだ、ごと、かしら」

ヒルデガルドは血を吐いた。吐いたそばから血が灰になる。

「いいや」

この期に及んで気付けないのか。

哀れみはすまい。けれどどうしようもなく、愚かだと思った。

「――お前は間違えた。……愛し方を、間違えたのだ」

「……ァ？」

ヒルデガルドの目が見開かれる。

そうして――次の瞬間、言葉の意味を理解して、ヒルデガルドの目は鈍色をした絶望に染まった。

もはや形をとどめていないヒルデガルドの手が、救いを求めるようにリオンに伸ばされる。

ヒルデガルドを赦してはいけなかった。許せなかった。なぜか。

それは、ヒルデガルドが――ラキスディートの真実、敵だったからだ。

リオンを恋い慕う者という意味において。

この女だって、リオンに愛される可能性があった。

それを放り投げて、欲をはき違えた者を、ラキスディートは赦してはいけなかった。

黒い炎は勢いを増して燃え盛る。

この女はきっと、ラキスディートがリオンとの出会いを間違えた世界の姿だ。

ヒルデガルドの本質は、ラキスディートとよく似ていた。

目的のために、愛する者のために、ほかをすべて捨ててもいいと思えるところが。

だからこそ――だからこそ、消してしまわねばならなかった。

おそらくそう理解していたから、ヒルデガルドはラキスディートのところへ来たのだ。

ラキスディートを消し、ラキスディートからリオンを奪うために。

ヒルデガルドの目は、もはや対峙しているラキスディートも、周囲の竜をもうつさない。

いいや――そうではない。最初から彼女はリオンしか見ていなかった。

気付かなかったのだろう、わからなかったのだろう。愛(いと)しさをはき違え、苦しみもがいた結果、最愛のものを傷つけた。それすら理解しないでここまで来てしまったのだ。

そう、ヒルデガルドの最愛は今、ラキスディートの腕の中にいる、リオンという少女だった。

「いやだ、ぎえだくない！　いやだ！」

「いいや、消えろ」

「嫌だ！　嫌だあああ!!」

ラキスディートの言葉にヒルデガルドは耳を貸さない。嫌だとわめいてリオンを求めている。

髪が融(と)け、目が燃え尽き、魂がすりつぶされていく。そうして、そうして。もはや助かることは無理だと悟ったのだろう。

混濁した意識――もうほとんど残っていない魂を振り絞り、最後の瞬間、ヒルデガルドは己(おのれ)を投げ出すように、燃える炎の中から両の手を伸ばした。

ようやく理解した、ヒルデガルドの望んだ愛の先へ、せめて想いを投げかけようとして。

「リ――」

――ラキスディートはそれを許さなかった。

炎がヒルデガルドを燃やし尽くす。

唇が最後の言葉を言い終える前に、ヒルデガルドは、この世界すべてから消滅した。

ヒルデガルドは消えた。

誰の記憶からも消えて――いずれこの魔法を行使した竜たちの記憶からも消えていく。

リオンの中からも、あの女は消えただろう。

リオンにとっては納得のいかない終わり方かもしれない。

リオンはやさしいから、和解する未来もあっただろうか。

このような終わりにするつもりはなかった。

理性的に適切な罰を与えて、それで終わらせるつもりだった。

ラキスディートは、ともすれば吐き出しそうな魔法の反動の苦しみを無理やり呑み下してヒルデガルドの記憶の残滓(ざんし)を握った。

ラキスディートはヒルデガルドを忘れられない。

魔法のきっかけを作ったラキスディートは魔法の起点となる存在だから、ラキスディートの中にはヒルデガルドの記憶が残り続ける。

ひどい話だ。もっとも憎んだだろう相手にしか、覚えていてもらえないなんて。

けれどそれがヒルデガルドにとって最も重い罰だったのだ。

ラキスディートは、己の中に今もくすぶる怒りを抑えつけ、竜の兵士たちに舞踏会の会場に戻るようにと告げた。

頷いた兵士たちはめいめいに己の仕事に戻り始める。その時。

さくり、と石畳を踏みしめる音にラキスディートは振り返った。

それまで気を失ったカイナルーンを抱いていたイクスフリードがその音に気付いて、カイナルーンを兵士に預けてラキスディートの前に立つ。

「――なにか用でも？　シャルル殿」

冷たい声が出た自覚はあった。

リオンを虐げたヒルデガルドに懸想し、リオンを大勢の前で辱めた男。

すすけた白金の髪に青い目をしたその青年は、ぼろぼろに皮の剥がれた顔をくしゃりと歪め、汚れた手を床についた。

「あ、あ――……」

口をパクパクと動かし、誰かの名を呼ぶようにしてヒルデガルドがいた場所に落ちている灰をかき集める。

「あ。ああ、あ――あ……」

愚かな男に見える。気が違ったようだった。

警戒を解かないイクスフリードが、ラキスディートに視線だけよこす。

「どうする？　ラキス」

「どうする、か……」

シャルルは泣いていた。

目から大粒の涙をあとからあとからあふれさせて、誰かの名前を呼ぼうと必死になっている。

けれど、呼べないのだろう。

そこにいた相手が誰か、わかるわけがない。

それでもラキスディートたちには目もくれず、必死にそこにいた誰かにすがるさまは、ひどく哀れに見えた。

手足はぼろぼろで目もほとんど見えていない。美しかったはずの容貌は見る影もない。

そんな男に与える罰を思いつかない。

リオンの命を狙った一人だというのに、ラキスディートにはシャルルが今罰せられているようにしか見えなかった。

「幻影を見ているわけじゃない。本当に、記憶の残滓(ざんし)にすがってるだけだ。竜の魔法に抗って、忘れたくないと……忘れたくなかったと泣いている」

イクスフリードが目隠しを少しだけ外して、シャルルを「視る」。

「そうか」

ラキスディートは言った。

「治療を受けさせてやれ。今のままでは、法にのっとって裁くこともできない」

憐れな男だった。どうしようもなく、どうしようもなく、悲しい男だと思った。

イクスフリードが通信魔法で治癒師を呼ぶ。

治癒師はほどなく現れた。

数人の竜がシャルルを抱えて口々に「ひどいありさまだ」「どこでこんなけがを」と驚いている。

竜でさえ記憶が薄れてきているのだ。

シャルルが覚えているわけはない。

そう、そのはずだった。

「いやだ、離してくれ」

シャルルは、暴れて竜の腕の中から落ちるように逃げ出した。

そしてまたあの灰のそばによって、風で少しずつ飛ばされていく灰をかき集めてはキスをしている。

「――……。――……!」

悲痛な声のない叫びは、どこにも届かない。

その叫びは悲鳴ではなく、呼びかけだったから。

その相手は、もうこの世のどこにもいはしないから。

「君、を」

シャルルはもう小指の先ほどしか残っていない灰を胸に抱いて言った。

「君を好きなことは覚えているんだ」

「……」

ラキスディートはその様子をただ見下ろす。

「ごめん、ごめんよ。君、君を好きなことは覚えているのに、君が、僕の命より大事だったのに……なんでかな、君の顔も、名前も、声も思い出せないんだ……」

そうしたのはラキスディートだ。

罪悪感などない。感じてはいけない。

ラキスディートは王だ。

罰を与えても、罪人を侮辱してはいけない。罪悪感は、ヒルデガルドとシャルルへの侮辱に他ならない。

静かに目を閉じた。荒れ狂うような感情の波が押し寄せてくる。

目を開き、腕の中のリオンに視線を落とす。安らかに眠っているリオン。彼女が今、苦しんでいないことがラキスディートの救いだった。

◆　◆　◆

あの後、ラキスディートとリオンの不在によりパーティーは解散となった。

騒ぎになったわけではなく、主役二人がいないのは二人きりになりたいということだろう、と、竜の番（つがい）制度があまり知られていないため――もちろん、会場に途中まで残っていたイクスフリードが上手くとりなしたのもあるが――おおむね好意的に受け入れられて、円満に終了したらしい。

エリーゼベアトとカイナルーン、そして子供たちも無事に救出された。カイナルーンとともに居なかったカルとレーナは別室に閉じ込められて気絶させられていたらしい。リオンはそれを聞いてほっとした。

せっかく結婚式に来てくれた人々を不安にさせずにすんだというのもあるし、シャルルに害された皆が無事だったからだ。

しかし、その不安にさせる原因を、なんだかぽっかり穴が開いたように思い出せない。シャルルに命を狙われたことは覚えているのだけれど、そのきっかけに心当たりがないのだ。

魔石により洗脳され、竜王国での身分証明に利用された貴族夫婦の催眠が解けたものの、誰に洗脳されたのかは思い出せないという。不思議だ。

そう、ベッドの上で頭を悩ませたリオンに、ラキスディートは言いにくそうに口を開いた。

「すまない、リオン。君の記憶から――この世界から、その原因の人物を消してしまったんだ。違和感はそのせいだと思う」

「消して……？」

思わず聞き返したリオンに、ラキスディートはわずかに目を伏せて言った。

「……そうだ。その人物が、君を傷付けたから……いいや、違うな」

ラキスディートの黄金の目が煌々と輝く。

怒りに耐えているような、それでいて、そのことが引っかかっているような表情だった。

「私はその人物に怒りを感じた。だから、すべての人間の記憶から消滅させる——その存在も消してしまう禁呪を使ったんだ」

リオンは口を噤んで聞いた。

ラキスディートの話に覚えがない。

知らない人だ。

その話を聞いても、何があったのかまったく思い出せなかった。

「禁呪……」

リオンは静かに呟いた。

胸にぽっかり穴が空いたような、と同時に頽れたくなるような悲しさが、胸を過る。

しかし、そんな思いも許されないのだというように、そんな想いすら消えていった。

リオンは胸を押さえた。息が苦しい。

けれど、どこかで安堵するような——いいや、安堵に似た、何か抜け落ちてしまったような感覚。

これはその、誰かが消えた感覚。

ラキスディートが誰かを消してしまったことを、残酷だとは思わない。きっと理由がある。

ラキスディートはリオンを何よりも優先するひとだ。

だから、リオンを守るためにそうしたのだろう。

「死よりもむごいことだと知っていて……それでも私はその魔法を使った」

リオンは頷いた。ラキスディートはリオンに責めてほしいのだろうか。

……リオンがそんなことをするわけがないのに。

リオンはラキスディートの行為が、すべてリオンのためにあるともうとっくに知っているのだから。

「リオン、君を傷付けたことが赦せなかった」

ラキスディートは吐き捨てるように言った。

リオンはそれを静かに聞いていた。

「その人物と私には共通点があって、だからこそ君を傷付けたことを許したくなかった。私は、同じ時間に戻るすべがあったとしても、同じことをするだろう」

そこまで言って、ラキスディートは一度言葉を切った。

大きく息をしてまた話し始める。

「――なぜなら、みじんも後悔していないから」

リオンは――リオンは、上半身をベッドから起こしてラキスディートを抱きしめた。

小さな声で、けれど聞こえるように言葉を紡ぐ。

「でも、あなたはそれをやるべきではなかったと思ったのでしょう、ラキス。だからそんなことを言うんだわ」

リオンの手が、ラキスディートの髪をさらさらとくしけずる。

ラキスディートの息が整っていくのを確かめて、リオンは続けた。

「大丈夫。ひとを消してしまった罪を、わたくしも背負うわ」

「リオン、それは」

「あなたのしたことを、ラキス、あなたが罪だと思っているなら、わたくしもともに背負います。だって、あなたと生きてゆくということは、そういうことだと思うの」

命を奪ったわけではない。

でも、存在を消したということは――最初から、生まれなかったことにしたということは、殺したと同じことだ。そう思っているのだろう。

確たる意志をもって、魔法を使ったのだから。

「リオン……」

「愛してるわ、ラキス」

リオンはラキスディートの白い額に口付けた。

「ねえ、もし、その人のことを教えてもらったとして、わたくしはそれを覚えていられる？」

「いいや、すぐに忘れてしまう」

「そう……」

思っていた通りの言葉が返ってくる。リオンは小さく頷いた。

「ラキス、忘れてしまうかもしれないけれど……その人の名前を、教えてくれる？」

「リオン……それは」

ラキスディートが戸惑ったように言うので、リオンは安心させるように笑った。

「きっと覚えていられないけれど、聞きたいの」

ラキスディートは逡巡（しゅんじゅん）して、けれどやがて、決心したようにリオンを見つめた。

前髪越しでない、まっすぐな視線がリオンに届く。

「……ヒルデガルド。ヒルデガルド、君の、妹だった人間だ」

「ヒルデガルド……そう、わたくしはきっと、ヒルダと呼んでいたのね」

「……思い出したのかい？」

「いいえ、なんとなく、そう思っただけ」

ヒルデガルド、ヒルダ。

耳なれない言葉を、舌が覚えているような気がした。

「ヒルダ、ヒルダ、ヒルダ……。……ヒ……？」

「リオン……」

ラキスディートの指先がリオンの目じりを拭う。

そうされて、リオンは初めて自分が泣いていることに気付いた。

「リオン」

泣かないで、とも、ごめん、とも言えないのだろう。ラキスディートは後悔していないから。

覚えていられないわ。そう言って、リオンは泣きながら笑って見せた。罪なら、一緒に背負うと決めたから。

笑ったリオンを、覚えていられないというリオンを、当たり前のことを、ラキスディートは笑わなかった。それだけで救われた気がした。

その、消えた誰かに接していたはずの、自分自身が。

「そういう魔法なんだ」

「ええ、そう聞いたわ。……そう、この子は、それだけのことをしたのね」

リオンは、胸の前で腕を組んで祈った。

「……きっと、とても悲しい子」

ほろほろと涙が落ちる。悲しいという想いが消えてゆくのに、その涙が服に染みを作るのが不思議だった。

「……次に生まれてくる時は、幸せになってね……」

リオンの言葉に、ラキスディートが頷いてくれる。

きっと、彼の怒りはこんなものではすまないのだろう。

それでもリオンは、ラキスディートがリオンに同意したようにふるまってくれるのがうれしかった。

リオンの祈りに、その柔らかな表情に、ラキスディートは確かに嫉妬した。

忘れられてなおリオンのぬくもりを向けられるヒルデガルドに限りない怒りを覚えた。

けれど——同時に、胸のつかえがとれたのも、また事実だった。

リオンのやさしさは強い。

誰かを想うことのできる心は、その意志は、ラキスディートがなにより美しいと思うものだった。

ラキスディートは夕闇に沈む空を見上げた。

ラキスディートの黄金の目にサクラの蕾が見える。

数日後にはきっと、満開のサクラから散る花びらがリオンとラキスに降り注ぐだろう。

エピローグ

サクラの花びらがリオンのヴェールに降りかかる。

そのひとひらをついと手に取って、リオンは微笑んだ。

「サクラ、とってもきれいね」

「ああ。でも、リオンのほうがもっときれいだ」

「もう、そういうことを言っているのではないのよ、ラキス」

ラキスディートが手を差し伸べてくれる。

その手を取って、リオンは目を細める。

顔を隠すのも、きっとこれで最後。

リオンはシャルルに襲われた一件以来、目を隠さないように努力してきた。

もはやリオンに顔を隠す理由はなかった。

きっと、心の中に残るしこりの誰か——忘れてしまった誰かを乗り越えられたからだろう。

「お姉さま、とっても、とってもきれいですわ……！」

「リオンさま、本当に素晴らしい花嫁でいらっしゃいます！」

リオンは純白のドレスを着ている。

それも、裾やフリルの隙間に小粒の真珠がたくさん縫い付けられた豪奢な、しかし可憐なものだ。

白いレースで覆われたリオンの腕には白い百合のブーケがある。

それを見たエリーゼベアトとカイナルーンが手を取り合って涙を流している。

感涙しました、感動しました、と召使たちが歓声を上げて、リオンとラキスディートに花びらを振りかけてくれる。

「リオンさま、おめでとう！」

「リオンさま、素敵……！」

「幸せになってね！」

「フィー、リオンさまはもう幸せなんだよ」

「そうだった！」

そうして、うふふと微笑むフィーを囲んで笑う孤児院の子供が、リオンたちに拍手をくれた。

はにかむリオンにラキスディートが頷く。

「皆の言う通りだ。……リオン、君が、綺麗で……サクラに攫われるんじゃないかと思ってしまう」

「ふふ、大げさね」

そう言ってリオンがラキスディートを見上げると、ラキスディートがリオンを愛しげに見つめているのが見えた。

彼も金で縁どられた白い衣装を身にまとっていて、それはラキスディートの震えるほどの美しさをさらに引き立てている。

それを見て、リオンはたまらない気持ちになった。

……目を細め、幸せだ、とリオンは笑う。


ほんの一年ほど前まで、こんな風に笑える日が来るとは思わなかった。

だって、あの頃リオンは虐げられていて、火事で何もかもを失った時、忘れてしまった「誰か」が理由で、つらい思いをしていた。

両親もいなくて、恋も失って——いいや、失ったと思って。

地獄のような日々から今に至ってなお、まだ足元がふわふわする心地になることがある。

城の一角に作られた、今日のためのチャペルに足を運ぶ。

ラキスディートと腕を組んで、ラキスディートとともに歩んでいく。

本当は、父と歩くのだろう。

けれど、この場所を歩く父はもういない。

エリーゼベアトが代わりを買って出てくれたけれど、リオンはそれを断った。

だって、ここを歩くなら、ラキスディートと一緒がよかったから。

——死んだように生きていた。

疲れて辛くて悲しくて、どうして生きているのかわからなくなることもあった。

雨の日ばかりが続いて、前を向けなかった。

うつむいて生きて、目を隠して、だから星が見えなかった。

けれど——けれど、あなたが、暗いそこから救い出してくれたから。

あなたが来てくれたから、前を向けた。

また笑えた。

雨の日のあとはきっと晴れるのだと、ラキス、あなたが教えてくれた。

夜空があるから星が見えるのだ。

あなたがいるからわたくしは笑える。

愛している、愛している、愛している——

どれだけ言葉にしても足りないくらいに、あなたへの愛を抱きしめている。

チャペルの中、イクスフリードが立っている。

神父の代わりだ。

竜王を頂点とする竜王国には、これといった神がいない。

だから、あくまで人間の真似事だ。

けれど、リオンのために最高の晴れ舞台を、と尽力した皆のおかげで、今日の結婚式がある。

……うれしかった。とても、とても。

「新郎、ラキスディート。あなたは、病める時も、健やかなる時も、番を愛し、支えることを誓いますか？」

「はい、誓います」

ラキスディートがそう、はっきりと口にする。

「新婦、リオン。あなたは、病める時も、健やかなる時も、番を愛し、支えることを誓いますか」

「はい、誓います」

光が輝く。

ふいに見上げた空が綺麗で、リオンはなんだか涙が出てくるようだった。

頬を、あたたかいものが濡らしている。

リオンがそれに気付いた時、イクスフリードが微笑んで、では、誓いのキスを、と口にした。

「リオン……」

ラキスディートが心配そうにリオンを呼び、リオンは笑った。

「わたくし、とってもうれしい、ラキス。あなたと、この日を迎えられて」

そう言って、ラキスディートの手を取って伸びあがる。

ラキスディートの金の目が潤んだ。

それが何だかおかしくて、リオンはまた一筋の涙を流す。

ヴェールがあげられても、リオンはもう怖くなかった。

心についた傷は癒えることがない。

けれど、乗り越えていくことはできる。

リオンは、これから何度だって傷つくことがあるかもしれない。

でも、そのすべてを乗り越える翼をもっているのだ。

──ラキス、あなたと一緒なら。

ラキスディートがリオンを抱きしめる。

柔らかな口付けに、リオンは目を閉じた。

やがて唇が離れると、ラキスディートはたまらない、といった様子でリオンを抱き上げた。

「リオン！」

「きゃ……！」

「好きだ、君を愛している。あんな誓いの言葉では足りない、これから永劫、君を、ずっとずっと、君だけを愛すると誓う……！」

「まあ……わたくしだけだと、困ってしまうわ」

「な……！」

驚いた顔をするラキスディートに、リオンはいたずらっ子のように微笑んだ。

お医者さまから聞いたこと。

エリーゼベアトとカイナルーンが涙を流して喜んでくれたこと。

この頃ずっと体調が悪かった理由。

それを告げるために、リオンはラキスディートに抱き上げられながらその耳に唇を寄せた。

「……あのね、わたくし、身ごもっているのですって」

「……え……？」

「城のお医者さまに診ていただいて、そうでしょうって。だから、一緒に愛してくださいな。ラキス」

リオンはそう言って、ラキスディートに抱き着いた。

ラキスディートがおろおろとしながら、けれど確かな喜びをもって、リオンを抱きなおす。

「リオン……」

「ええ、ラキス」

「……ありがとう……」

ラキスディートの肩が震えている。きっと、初めてなのだろう。

それは動揺だったし、歓喜だった。

己の番が身ごもった、愛の結晶にラキスディートは涙を流していた。

それがわかったから、リオンはやさしくその肩を叩いた。

「ほら、お客さまが待っているわ。チャペルの外でご挨拶をしましょう」

「……わかった。でも無理はしないで、リオン」

「もちろん」

ラキスディートがリオンを横抱きにしてチャペルを出ると、万雷の拍手とともにサクラの花びらがふたりに降り注いだ。

おめでとうございます！　竜王陛下！

おめでとうございます！　番さま！

そんな声が聞こえてくる。

リオンは微笑み、ラキスディートはぐい、と自身の涙をぬぐった。

ふたりで、祝福の中を歩いていく。

……いいや、三人で、だろうか。

それは、これからもずっとかわらない、幸福のかたち。

星が笑う。

空のもとで。

空が曇っても、星が輝く。

星が見えなくなっても、星はたしかにそこにある。

だって、そこには空があるから。

永遠に——永遠に、空と、星はともにあるから。

未来を行く君に愛を

「ラキス。ほら、やっぱり俺のほうが背が高いんだって」

「誤差だろう」

深紅の髪を肩口で切りそろえた年若い少年は、同じくらいの背丈をした銀糸の髪をした少年に自慢げに話しかけた。

ラキスと呼ばれた少年は憮然とした表情をして、赤い髪の少年の言葉を一蹴する。

彼らはラキスディートとイクスフリード。ここ数十年に生まれた竜の中でもずばぬけて高い魔力をもつ二人は、その弟妹を交えての交流が多かった。

この背比べもそのひとつである。

イクスフリードの何人もいる妹の一人であるアリスリーゼが、けらけらと笑うイクスフリードを見てきょとんと目を丸くする。

イクスフリードは魔眼という特異な眼を持つゆえに目元を布で覆っているのだが、目隠しなしの顔だちはアリスリーゼとよく似ている。

少女のよう、とすら称される美貌の少年二人は、未来の番という存在について今日も話を始める。

と、いっても、百歳のころにすでに番を見つけたイクスフリードによるただの番自慢、なのではあるが。

「誤差誤差っていうけど、ちょっとの差が番を守れるかどうかの差になってくるんだよ」

「そんな弱々しい番、いてもいなくても変わらないんじゃないか」

「ばっかお前、番っていうのはすごいいいもんなんだって」

「番がいたことがない僕には一生理解できない」

「……お前、かわいそうなやつだな……」

まじまじとラキスディートを見つめるイクスフリードに、ラキスディートはつまらなそうな目を向ける。

空気がひりついてきたと思ったのか、アリスリーゼが不安そうにイクスフリードの服の裾を掴んだ。

「ああはいはい、アリス、こわいことなんてないからな」

「かわいそうで結構。僕はたぶん竜王になる。その時にはしがらみが少ないほうがいい」

「俺かもしれないぞ？」

「それこそありえない。僕はお前を竜王にしない」

「言うねエ」

ラキスディートがはねつけるように言うと、イクスフリードがへらりと笑う。

「ラキス、竜王になりたいの、お前」

「いいや」

ラキスディートの長い髪が風に揺れる。足元まである髪は、引きずったままの尻尾に絡まって動きにくい。

もうとっくに尻尾を隠せるようになったイクスフリードを次期竜王に推す声も多い。だというのに、こう言うのは、ラキスディートは「竜王になりたい」ということだろうか。

そう思って尋ねたイクスフリードに、ラキスディートはそっけなく返した。

魔力量は人一倍多いが、その魔力量ゆえに成長の遅いラキスディートと、魔力のほとんどを眼に宿したせいで、すぐに頭痛になるイクスフリード。

実はラキスディートは劣等感を抱いているのでは、と思ったイクスフリードは、ラキスディートの言葉に息を呑んだ。

「お前が竜王になったら毎日倒れるんじゃないか。僕が守ってやるから、イクスは後ろで番と一緒に僕のサポートをしてくれればいい」

「――」

イクスフリードは、一瞬言葉を失った。

荒れ狂う感情が心の内で暴れる。それを抑えるように目を閉じた。

悪いとは思ったが、目に力を籠める。

ラキスディートの心にはいつも色がない。

今こうして覗いた心も白黒で、暗く、いっそ恐ろしいくらいだった。

——けれど。

「お前、それ、本心だもんなあ……」

「ん？　……ッああ！　お前、視たな⁉」

「すまんすまんすまん！　だってびっくりするだろ！　いきなり無感情塩対応竜がそんなことを言ったら天変地異の前ぶれかと思う！」

「言いすぎだばか！」

ラキスディートが尻尾でびたん！　と地を叩く。

しかしその白黒の心には、たしかにやさしい色が混じっている。

先ほど見たラキスディートの心にあったのは間違いなくイクスフリードを、そしてこの竜王国の民草を守る意志だった。

魔法は意思だ。そして、強い意志は強い魔法を生み出す。

だから、ラキスディートはきっといい竜王になる。

それがわかって、イクスフリードはははは、と笑った。

なんだ、自分が心配する必要なんてないじゃないか、と。

ラキスディートはいつか自分の番と出会うだろう。

何億分の一の確率に勝てないなら、無理矢理勝たせればいい。

番を探しに行くなら仕事を全部肩代わりしてやる。

「まあまあ、ラキス、落ち着けよ」

「なんだお前、いきなり」

ラキスディートが訝し気な顔をする。イクスフリードは笑った。

「生きてる限り、俺がサポートしてやる。お前は俺たちの竜王になるんだからな」

「……はあ、わかった」

「もっと感動的に言えない？」

イクスフリードの情けない声に、ラキスディートがふは、と笑った。

それにつられて、アリスリーゼもにこにこと微笑む。

ラキスディートは口を開いた。

「じゃあ、せいぜいこき使ってやる。その代わり、何があってもお前たちが暮らす国を守ろう」

「任せるぜ——親友」

「ああ、任されよう。親友」

ふたり、拳をこつん、とぶつけあって。

この日、ラキスディートは尻尾をしまえるようになった。きっとそれは偶然ではないのだろう。

季節は秋。りんごのよく実る、豊穣の季節だ。

◆　◆　◆

秋風が涼しく、リオンのチェリーブロンドの髪をさらりと揺らす。

膨らんだおなかを撫でながら、リオンはラキスディートからの給餌を受けていた。

ラキスディートがリオンに差し出しているのは、竜王国の北部でとれた甘いりんごを様々な細工で切ったもの、うさぎや花など愛くるしい形をしたそれらはリオンの目も舌も楽しませてくれる。

リオンは微笑んで、それで、と口を開いた。

「それでラキスは竜王になろうと思ったのね」

「ううん……だって、嫌だろう？　力を使うたびに片頭痛を起こす竜王なんて」

「まあ」

くすくすと笑うリオンに、ラキスディートは眉尻を下げる。

その目には自分に対する愛しさばかりが滲んでいて、リオンはまたラキスディートを愛しく思った。

星屑を散らしたような瞳が輝いて、ラキスディートを見つめる。

「お友達って素敵ね。幼い頃からの親友……あこがれるわ」

「親友……。まあ、退屈はしなかったけれど」

ラキスディートは、リオンの胎に手を置いた。

まだ胎動は強く感じないが、たしかにそこに命の気配がする。

「この子も、そんなお友達に恵まれるかしら」

「どうだろう。でも、きっとそうだ。この子は君の子供だから、きっと素晴らしい友人ができる」

「ラキスの子でもあるのよ。……そういえば、イクスフリードさまのところにも、もうすぐ赤ちゃんが生まれるのでしょう？　年が近いし、お友達になれたらいいと思うわ」

「あいつはしれっとそういうことをしてくるんだ」

ある日あっけらかんと「お前と番さまの赤さまと同じくらいの年に俺の子も産まれるから！」とのたまったイクスフリードの顔を思い出す。

次世代もサポートする気でいるのだろうか、などと思わざるを得なくて、ラキスディートは心の底から呆れた。

「まあ、確かに、あいつの言う通り、番というのはいいものだったが」

「ふふ、わたくしのこと？」

「君以外にいないよ、リオン」

リオンの目もとにキスをして、ラキスディートはリオンを膝に乗せた。

もう慣れたもので、ラキスディートの膝におさまりよく乗ったリオンはラキスの頬にキスを返す。

幸せだ。本当に、今が心から幸せだと思う。
リオンはりんごを手に取って、ラキスディートに差し出した。
ラキスディートが笑って、それを口に含んでくれるのがいとおしい。
秋風が吹く。りんごの匂いを攫って、明日を届ける。
そうしてきっと、世界は続いていく。愛は続いていくのだ。
そう——未来を歩く、君へ。

金の竜姫は運命と出会う

「もう！　お父さまなんて嫌い！」

緩やかに波打つ淡い金髪を風になびかせ、青空の色をした目を瞬いて竜王ラキスディートと竜王妃リオンの十番目の娘であるヒルデガルドは、父譲りのガラスのように透明な翼を羽ばたかせ、自室にあるバルコニーから城を飛び出した。

召使が慌てたようにヒルデガルドを追いかけてくる。

今日も今日とてヒルデガルドは父王ラキスディートと衝突した。

先日、初めて番の気配を察知したヒルデガルドが人間の国に降りて番探しをしたい、と言ったところ、お前にはまだ早い、と止められたのだ。

昨日も食卓で母の隣に座る権利をとられたし、散々である。

「お父さま、お母さまの隣の席をなかなか譲ってくれないのよね」

「それは竜王陛下の御子さまは全員そうだと思いますが……」

「それでも、よ！　いつも独占なんてずるいと思わない？　カルーアリンデ。あたし、お母さまの娘なのよ？」

「番を持つ竜は嫉妬深いですからね……」

ヒルデガルドの召使であるカルーアリンデは、リオンの召使であるエリーゼベアトとその番、カルの三番目の娘だ。

百年を生きたばかりのヒルデガルドより二十歳ほど年上の彼女は、ヒルデガルドより落ち着いている、気がする。

「それよそれ！　あたしだって番を持てばきっとわかるのよ。でも過保護なお父さまは許してくれないの」

ぷく、と頬をふくらませるヒルデガルドに、カルーアリンデは苦笑する。

「竜王陛下は姫さまが大切なんですよ。姫さまだって、本当は竜王陛下が大好きでしょう？」

「お母さまとお姉さまたちとお兄さまたちの次に、ね」

わかっている。

父が、生まれた時に小さく弱かったヒルデガルドをひときわ心配していることを。

ヒルデガルドは母にも父にも似ていない。竜の番である母が不貞をするわけがないし、間違いなくヒルデガルドは母から生まれた。

それなのに似ていないのは不思議だと、宰相であるイクスフリードが魔眼で視てくれたことがある。

それでわかったのは、ヒルデガルドの魂には昔呪われた形跡があるということ。

今はその呪いは薄れ、ほとんど残っていない。

でも、父はなぜか責任を感じているようで、数多くいる娘息子たちの中で、ヒルデガルドに対してだけやたらと過保護なのである。

――あたし、そんなに弱そうに見えるのかしら。

ヒルデガルドは目くらましの魔法を使い、後ろからずっとついてくるカルーアリンデを撒いた。

遠くからカルーアリンデの、姫さま！　と呼ぶ焦ったような声が聞こえるけれど、今だけは許してほしい。ちょっと複雑な気分なのだ。

ヒルデガルドはそのまま城下町のはずれにある丘のサクラの木に飛んできた。

花畑の広がるなか、一本だけ咲いたサクラの木。

ここは、父と母のプロポーズの場所らしい。

「この木はいつまでも綺麗ね……」

花畑に座り込み、ヒルデガルドは、はああ、とため息をついた。

父のことも母のことも大好きだ。

……でも、番の気配を感知したのに探しに行けないのは何というか、さみしい。

兄や姉の中には番を見つけた者もいる。

だから、一層あせってしまうのかもしれなかった。

自分だけ、父や母に似ていない負い目もある。

呪われていたから、魂がその体の形を覚えてしまったのかもしれないと、イクスフリード宰相は言った。

呪われていたというなら、きっとヒルデガルドは生まれる前に悪いことをしたのだろう。

呪いが薄れたから生まれられたのだろうけど、身に覚えがないのに呪われてたなんてちょっと微妙な気持ちになってしまう。

はあ、ともう一度ため息をつく。

——その時だった。

さく、という足音がして、人の気配がした。

「君は……」

聞こえたのは、若い、青年の声だ。

人間に換算したヒルデガルドと、同じくらいの年のころの青年。

父より少し薄い白金(はくきん)の髪に青い目をしたその青年は、ヒルデガルドを見て目を見開いた。

と同時に、ぎゅうっとヒルデガルドの胸が締め付けられる。

(な、なに……？　何なの？)

胸を押さえたヒルデガルドに、青年は驚いたような顔をして——なぜか、泣きだした。

(どういうこと!?)

急展開過ぎて理解できない。

ヒルデガルドは慌てて青年に駆け寄り、涙を拭う。

「ちょ、どうしたのよ」

身なりは良い。

変な人じゃない。

ただ、人間だった。

そう言えば一週間ほど前――ヒルデガルドが番を初めて察知した日だ――から、人間の国であるアルトリア王国から、王太子が留学に来ていると聞いた。

高貴な様子から彼がそうじゃないか、とあたりをつける。

アルトリア王国、かつて滅んだアルトゥール王国と同じ場所にできた国。

母やエリーゼベアトの番であるカルの母国であるアルトゥール王国は、母をないがしろにしたため竜の怒りを買い、衰退した。

歴史の授業で聞いたそんな出来事を思い出し、ヒルデガルドは目を瞬かせた。

青年がヒルデガルドの前に跪く。

そうして、まるで今、ずっと願い続けていたことがかなった、というような顔をしてヒルデガルドを見つめた。

「初めまして、君が好きです」

「は……？」

ヒルデガルドは驚愕した。

青年の突然の告白に、ではない。

自分が、この告白に「はい」とこたえそうになったことに、だ。

当然のようにその想いを受け入れそうになって、慌てて頭を振る。

ぱっと散った涙が誰のものかと考えて、それが自分のまなじりから出ていることになおさら驚いた。と同時に、胸に去来するのは罪悪感にも似た気持ち。

「どうして……」

「どうしたんだい？」

「あ、あたし、あなたにひどいことしたかしら」

自分が、この青年にそれはひどいことをしたのだ、という意識がヒルデガルドの胸を締め付ける。

息が苦しいくらいだった。

青年が一瞬、はっと何かに気付いたような表情になって、けれどすぐに首を横に振る。

「僕は君にひどいことなんてされていない」

「そう、なの？」

「うん、僕は君が大好きだ」

「なによ、いきなり……一目ぼれ？」

「そうかな……うん、そうかも」

青年は笑って言った。その目が涙で光っている。

「僕はシャルル」

「私はヒルデガルド。……シャルルって、アルトゥール王国の追放された王子と同じ名前ね。その名前、禁忌だと思ってたわ」

言ってから、しまった、と思った。

初対面の相手に言うことではなかったかもしれない。

けれど、青年――シャルルは、そうだね、と気にしていない様子で言った。

「竜王妃を虐(しいた)げた王子の名前だ。なぜか僕の両親は僕にその名前を付けたけれど」

不勉強だったのかな、なんて言ってシャルルは苦笑する。

ヒルデガルドは、相変わらず自分を愛(いとお)しげに見つめてくるまなざしに、たまらない気持ちになって唇をかみしめた。

わからない。

なんで、ヒルデガルドを知っているような言い方をするのか、どうして、自分はそれにこたえたくなっているのか。

……こたえるのが、罪だと思っているのか。

「……あたし……あなたに会うべきじゃなかったかもしれない」

何を言っているのか、と自分でも思う。

感情がぐちゃぐちゃだ。

何もかもうまく言えない。

シャルルはヒルデガルドを見つめて口を開く。

「……僕は、君に会いたかったよ」

「あたしのこと、知ってるの？」

「ううん、なにも」

「それじゃ、どうして……」

「……君のこと、何も知らないのに、出会った瞬間、愛している、って思ったんだ。君を知らないのに、君を好きなことだけ『覚えてた』」

「なあに、それ……」

ヒルデガルドの目じりを伝う涙を、シャルルが拭ってくれる。

ヒルデガルドは一週間前、初めて番を感知した。

番を感知するのは、その番が近づいた時や生まれた時だ。

ヒルデガルドは、シャルルがそうなら——シャルルが番ならいいのにと、思った。

あたしも、と、ヒルデガルドは唇を開く。

「あたしも、きっと、あなたに会いたかった」

泣きながら笑う。

ふいに一陣の風が吹いて、サクラの花弁を舞い散らせた。

ヒルデガルドはあ、と思う。

今、自分の中の呪いが完全に消えた、と、なぜかわかった。

薄紅色の花びらが、ふたりに降り注ぐ。

ふと思いついて、ヒルデガルドはシャルルの手を取った。

「一緒に来て。シャルル。あたしの、大好きなお父さまとお母さま、それからお兄さまとお姉さまを紹介してあげる」

家族のことを愛しく呼ぶヒルデガルドを、シャルルはまぶしそうに見つめる。

君は今、ちゃんと愛せているんだね、と、シャルルが言った。

その意味はわからない。

けれど、それは胸にあたたかく響く。

「うん、ヒルダ、教えてほしい。君が好きなもの、愛しているもの、全部、僕に」

暗い夜があった。

真っ暗な過去があった。

黒い、愛し方を間違えたという過ちがあった。

けれど、いつか絶対に朝はやってくる。

明けない夜はなく、長い長い罰のあと、いつか罪は許される。
そうして、この世界は続いていくのだ。
白く輝かしい明日へ。

そう――未来へ。

原作：餡子・ロ・モティ
漫画：オミクニ
Regina COMICS
精霊守りの薬士令嬢は、婚約破棄を突きつけられたようです
Seireimori no KusushiReijo ha, Konyakuhaki wo Tsukitsukerareta youdesu
1～3
宮廷魔導院で薬士として働きながら、
その高い魔力を買われ王太子の婚約者となったリーナ。
しかし突然、王太子から婚約破棄を突きつけられ、
これ幸いと仲間の精霊達と王都を飛び出した。
湖上の小都市に移住したリーナは、さっそく薬草園を作り、
第二の人生をスタート！ 希少ポーション作りに
精霊達との交流など、無自覚にチートを発揮して——!?
稀代の薬士令嬢のサクセスストーリー、ここに開幕！
コミックス大好評発売中！
加護もち薬士令嬢チートスキルで王国の命運を握る！
無料で読み放題
今すぐアクセス！
レジーナWebマンガ
B6判／各定価：748円（10%税込）

この作品に対する皆様のご意見・ご感想をお待ちしております。
おハガキ・お手紙は以下の宛先にお送りください。

【宛先】
〒150-6019 東京都渋谷区恵比寿4-20-3 恵比寿ｶﾞｰﾃﾞﾝﾌﾟﾚｲｽﾀﾜｰ 19F
（株）アルファポリス　書籍感想係

ご感想はこちらから

メールフォームでのご意見・ご感想は右のＱＲコードから、
あるいは以下のワードで検索をかけてください。

アルファポリス　書籍の感想

本書は、「アルファポリス」（https://www.alphapolis.co.jp/）に掲載されていたものを、
改稿、加筆のうえ、書籍化したものです。

婚約破棄された目隠れ令嬢は白金の竜王に溺愛される２

高遠すばる（たかとお すばる）

2024年 4月 5日初版発行

編集－桐田千帆・大木 瞳
編集長－倉持真理
発行者－梶本雄介
発行所－株式会社アルファポリス
〒150-6019 東京都渋谷区恵比寿4-20-3 恵比寿ｶﾞｰﾃﾞﾝﾌﾟﾚｲｽﾀﾜｰ19F
TEL 03-6277-1601（営業） 03-6277-1602（編集）
URL https://www.alphapolis.co.jp/
発売元－株式会社星雲社（共同出版社・流通責任出版社）
〒112-0005 東京都文京区水道1-3-30
TEL 03-3868-3275
装丁・本文イラスト－フルーツパンチ。
装丁デザイン－AFTERGLOW
（レーベルフォーマットデザイン—ansyyqdesign）
印刷－中央精版印刷株式会社

価格はカバーに表示されてあります。
落丁乱丁の場合はアルファポリスまでご連絡ください。
送料は小社負担でお取り替えします。

ISBN978-4-434-33634-8 C0093